KB078216

SOKIN 장편소설
FUSION FANTASTIC STORY

코더
이용호

코더 이용호 ㅋ

SOKIN 장편소설

초판 1쇄 찍은 날 § 2017년 2월 14일
초판 1쇄 펴낸 날 § 2017년 2월 21일

지은이 § SOKIN
펴낸이 § 서경석

편집책임 § 김경민

펴낸곳 § 도서출판 청어람
등록번호 § 제387-1999-000006호
등록일자 § 1999. 5. 31
어람번호 § 제1-2630호

주소 § 경기도 부천시 부일로 483번길 40 서경B/D 3F (우) 14640
전화 § 032-656-4452 팩스 § 032-656-4453
http://www.chungeoram.com
E-mail § chungeorambook@daum.net

ⓒ SOKIN, 2017

ISBN 979-11-04-91203-0 04810
ISBN 979-11-04-91134-7 (세트)

코더 이용호

3

SOKIN 장편소설

FUSION FANTASTIC STORY

도서출판
청어
람

Contents

코더 이용호

Chapter 1
프로젝트 OH!

아침부터 회사가 발칵 뒤집혔다.

〈인사 명령〉
대리 서XX 감봉 3개월
과장 한XX 정직 1개월
부장 전XX. 정직 3개월
상기 3인은 윤리 경영에 반하는 행위로 이와 같이 조치함

프리미엄 아웃렛을 담당하고 있는 신세기 I&C의 전산팀 대
부분이 징계를 받았다. XX로 이름을 가리고 있었지만 사내

그룹웨어에 뜬 인사 명령을 확인한 사람들은 징계를 받는 사람이 누군지 알 수 있었다.

"스마트 쇼핑 전략 기획팀에서 찔렸다며."

"그러게… 자기 혼자 잘난 줄 아나."

"새로 왔다는 그 친구?"

실제 징계를 받은 사람 외에, 타인들의 따가운 눈초리라는 징계를 받은 사람도 있었다.

이용호.

모난 돌이 정 맞는다는 말이 딱 들어맞는 상황이었다. 부산에서의 일로 정진용 회장님의 눈에 들고 감사팀에 동료를 고발하여 징계를 먹었다.

용호는 물을 흐리는 미꾸라지 취급을 받고 있었다. 그건 팀 내라고 해서 상황이 다르지 않았다.

그나마 손석호가 있었기에 밖으로 드러나지 않을 뿐이었다.

"크게 신경 쓰지 마세요."

"신경을 안 쓰려고 해도… 너무 수군거리셔서들."

용호가 식당에 밥이라도 먹으러 가려 하면 수군수군, 복도에 있는 화장실이라도 가려 하면 또 수군수군, 가십거리를 좋아하는 사람들이 소문에 과장을 더했다.

"저랑 사귄다는 말도 하던데요?"

사무실로 들어서던 정단비가 용호를 보며 웃었다. 정단비와 사귄다는 소문까지 나돌았다. 그랬기에 정진용의 눈에 들 수 있었고, 회사의 주요 팀에 떡하니 자리를 차지하고 있을 수 있다는 논리였다.

"네에?"

놀란 용호의 목소리가 높아졌다. 정단비와 사귄다니, 상상도 해보지 않은 일이었다.

그러나 정단비의 반응은 달랐다. 오히려 즐기는 눈치였다. 용호는 복덩이 같은 존재였다. 정단비가 끙끙 앓고 있는 문제들을 하나씩 해결해 주고 있었다.

여자는 외모, 남자는 능력이라고 했던가.

용호의 능력이 정단비의 마음을 간질이고 있었다.

*　　　*　　　*

한 달 매출 천억.

이른바 프로젝트 OH(One Hundred billion).

회의실에 자리한 10명의 팀원들 모두 눈을 크게 뜬 채 벌어진 입을 다물 줄 몰랐다.

"하, 한 달에 천억 말입니까?"

"네. 한 달에 천억입니다. 그렇다고 1년에 1조를 벌자는 말은 아닙니다. 한 달이라도 천억을 달성하자는 말입니다."

"지금 PS시스템이 들어가 있는 신세기 몰 매출이 일 년에 사천억인데 한 달에 천억이라는 수치는 너무 과도하다는 생각이 듭니다."

웬일로 허지훈도 정단비의 말에 반기를 들고 나섰다. 일견 타당한 의견이었다. 현재 PS시스템의 월 매출이 90억 정도로, 천억이 되기 위해서는 10배의 성과가 필요했다.

그렇게 되기 위해서는 개발팀의 역량만으로 해결될 일이 아니었다.

"그래서 지금부터는 기획팀도 비상 체제로 돌아갈 겁니다. 인수인계를 위한 문서도 마련됐겠다, 개발팀이 만든 문서를 보며 PS시스템을 익히면서 어떻게 하면 매출을 올릴까 연구해 보세요."

"……."

옆에 앉은 손석호가 고소하다는 듯 웃고 있었다. 여전히 입에는 단팥빵을 물고 있었다.

"단, PS시스템을 외부로 판매하거나 신세기에서 현재 제공하고 있는 서비스에 투입시켜서 일어나는 매출은 안 됩니다. 신세기 몰 하나에서 발생하는 매출이어야 합니다."

정단비의 말에 썩어 들어가던 사무실 내 직원들의 표정이 요단강을 건넌 것처럼 변했다.

허지훈이 반발하기는 했지만, 내심 천억은 달성할 수 있을 거라는 자신이 있었다. 그룹 내 연 매출이 10조가 넘는다. 각

그룹의 계열사에 PS시스템을 연동시킨다면 천억도 무리는 아니라 생각하고 있었던 것이다.

그러나 사정이 달라졌다.

"티, 팀장님… 그렇게까지 할 필요가 있을까요? PS시스템이 신세기 몰을 위해서 만들어진 시스템도 아닌데."

허지훈의 말에 회의실 내 사람들의 고개가 한마음 한뜻이라도 된 듯 위아래로 움직였다.

고객들의 취향을 저격하겠다는 의미로 PS시스템이 구축되었다. 꼭 신세기 몰이 아니라 신 마트 몰에만 연동시켜도 매출은 몇 배는 뛸 것이다.

"PS시스템에서 만족하지 않겠다는 저의 의지입니다."

직원들의 반발을 정단비가 단호하게 잘라냈다. 굳이 자세한 사정은 말하지 않았다. 모든 정보를 공개하여 직원들의 머리를 어지럽게 할 필요가 없다는 손석호의 조언도 한몫했다.

여지를 두지 않는 정단비의 말에 사무실이 조용해졌다.

"천억이 무척 어렵다는 것은 저도 잘 알고 있습니다. 그렇기 때문에 여러분들이 현재 우리 팀에 모인 겁니다. 어려운 일을 해내기 위해서 말입니다. 이번 일도 힘을 합쳐서 이겨낼 수 있도록 합시다. 아이디어가 있으면 언제든지 메일로 보내주세요."

정단비가 열정 가득한 뜨거운 눈빛으로 회의실에 앉아 있는 사람들을 바라보았다. 그러나 대부분은 눈빛을 피하거나 죽상을 하고 있을 뿐이었다.

*   *   *

아침 회의부터 폭탄을 맞은 팀원들이 어깨를 축 늘어뜨린 채 회의실을 나오고 있었다.

어떤 이는 고개를 숙인 채 한숨을 내쉬었고, 또 어떤 이는 핸드폰을 만지작거리며 저마다 다른 행동을 하고 있었지만 같은 생각을 하고 있었다.

'아, 이제 편해지나 했더니.'

갑자기 치는 천둥소리에 그렇게 회의실을 나오던 사람들의 고개가 동시에 한쪽으로 돌아갔다.

"안녕하십니까! 이번에 새롭게 스마트 쇼핑 전략 기획팀에 배치받은 나대방입니다!"

갑작스러운 인사에 아무도 쉽사리 입을 열지 못하고 어안이 벙벙해져 그저 나대방을 쳐다보고 있을 뿐이었다.

가장 먼저 정신을 차린 건 용호였다. 이미 안면이 있는 얼굴이었다. 솥뚜껑 같은 손에 산적 같은 외모는 누구나 한 번 보면 잊을 수가 없을 것이다.

"나, 나대방 씨가 여기는 어떻게……."

"제가 말하지 않았습니까. 한 수 배우고 싶다고… 저, 한 번 한다면 하는 놈입니다."

괄괄한 목소리에 다른 사람들도 이제야 정신을 차린 듯 둘의 대화에 귀를 기울였다.

목소리는 괄괄했고, 턱수염이 덥수룩한 것이 C의 창시자인 데니스 리치나 JAVA 언어의 창시자인 제임스 고슬링을 생각나게 했다.

가만히 보고 있던 정단비가 앞으로 나섰다.

"우리 팀은 인원 제한이 있어서 제가 직접 사람을 뽑는데… 저희 팀에 배치받았다는 게 무슨 말씀인지 이해가 안 가는데요?"

정단비가 '무슨 말도 안 되는 소리냐'라는 말을 둘러서 이야기했다. 그런 정단비의 말에도 나대방은 전혀 개의치 않았다.

"그렇습니까? 인원 제한이 있다는 말은 못 들었는데……."

잠시 고민을 하던 나대방이 이윽고 방법이 떠올랐다는 듯 말했다.

"그러면 인턴으로 받아주십시오. 어차피 일손은 하나라도 있는 게 좋지 않겠습니까?"

완전한 마이 페이스.

회의실에서 나온 사람들 중 몇몇은 다시 회의실로 들어갈 수밖에 없었다.

*   *   *

"꼭 저희 팀에 오셔야겠습니까?"

정단비의 말에 나대방이 손가락으로 용호를 가리켰다.

"꼭 여기 팀이 아니어도 됩니다. 저분이 계시는 곳이라면 어디든 상관없습니다."

그 모습이 재밌는지 손석호가 웃으며 말했다.

"오호라, 용호 씨 벌써 부사수가 생긴 거예요? 드디어 막내 탈출하겠네요."

손석호의 말에 용호는 머리가 아픈지 이마를 짚으며 나대방을 바라보았다. 몇 번을 보았지만 하나의 단어밖에 생각나지 않았다.

산적.

외양에 목소리까지 더해지니 임꺽정 저리 가라 할 정도였다.

"이미 말씀드렸지만 저희 팀은 인원에 제한이 있습니다. 나대방 씨를 뽑을 여유가 없습니다."

이미 사정을 알아봤는지 정단비가 곤란해했다. 나대방의 배경을 알아버린 것이다.

10명. 그 이상도 이하도 허용되지 않았다. 팀장인 정단비까지 합쳐 총 11명이 스마트 쇼핑 전략 기획팀의 정원이었다.

나대방이 들어오기 위해서는 누군가가 나가야 했다.

"저도 여기 아니면 안 됩니다."

정단비와 나대방의 눈이 허공에서 부딪치며 불꽃을 튀겼다.

재벌가의 여식과 3선 의원의 차남. 서로가 서로를 쉬이 볼 수 없다는 걸 아는지 그 이상의 마찰은 이어지지 않았다.

이제는 정단비가 머리가 아파지는지 다리를 꼬고 앉아 의자 깊숙이 몸을 뉘었다.

그런 정단비를 보며 손석호가 솔로몬처럼 해결책을 내놓았다. 아주 간단한 방법이었다.

"혹시 팀에서 나가려는 팀원이 있는지 물어보면 되지 않습니까."

"그럴 사람이 있겠어요?"

"모르기는 몰라도, 꽤 있을 것으로 생각되는데요?"

"그럴 리가……."

정단비가 그럴 리 없다는 듯 고개를 갸웃거렸다.

인재를 보는 눈은 있을지 몰라도, 아랫사람의 마음을 살피는 눈은 아직 부족한 모양이었다.

대부분의 팀원이 팀을 옮기고 싶다는 의사 표시에 정단비가 헛웃음을 터트렸다.

"하……."

그중 한 명이 죄송하다는 듯 변명을 늘어놓았다.

"저, 저도 무척 저희 팀을 좋아하지만 사람은 다양한 일을 경험해 봐야 하니까요. 나대방 씨도 굳이 오겠다는데, 이미 이곳에서 많은 경험을 해본 제가 자리를 비켜 드려야 할 것 같아서. 다른 팀에서 더 다양한 경험을 쌓고 싶습니다."

한 명이 나서서 말하자 옆에 있던 사람도 혹시나 자기가 선택되지 않을까 생각했는지 자기 어필을 시작했다.

"저, 저도 팀을 무척 좋아합니다. 그러나 제 역량이 팀에 도움이 되지 않는 것 같아 다른 팀에서 좀 더 능력을 키워서 다시 오고 싶습니다."

하나같이 말은 팀을 좋아한다고 하고 있었으나 행동은 반대였다. 팀을 나가려고 하는 사람이 한두 명이 아니었기에 가장 합리적인 방법을 선택했다.

제비뽑기.

어차피 용호를 제외하고는 비슷비슷한 실력이었기에 손석호가 말한 대로 제비뽑기를 시작했다.

그리고 나대방과 체인지될 이름이 하나 호명되었다.

"이야호!"

자기도 모르게 함성을 지르며 일어난 남자가 머쓱해하며 자리에 앉았다.

"김 대리님이 당. 첨. 되었네요. 원하시는 팀 말해주면 그쪽으로 배치되도록 말해둘게요. 나대방 씨는 김 대리한테 인수인계 받도록 해요."

딱딱 끊어지는 말에 분위기가 가라앉으려 했으나 김 대리라는 사람은 기쁨을 감추지 못하는 눈치였다.

다른 사람들 역시 그런 김대리를 부러움의 시선을 바라보고 있었다.

그렇게 나대방은 스마트 쇼핑 전략 기획팀으로 배정받게 되었다.

*　　　　*　　　　*

"나대방이 정단비 팀으로 들어갔다고?"

"네. 그런데 이상한 점이 하나 있습니다."

"뭔데?"

"정단비 팀장이 팀 인원에 제한이 있다고 한 명을 내보냈다고 합니다."

"그랬어?"

"그냥 받아도 될 텐데… 이해가 가지 않는 일이라 알아보라고 일단 말은 해놓았습니다."

의문점이 남는 남자의 말에도 정진훈은 전혀 개의치 않아 보였다.

"동생의 속을 누가 알겠어. 혹시 또 모르지… 우리 회장님께서 특명을 내리셨는지도."

사실 관계를 정확하게 알지 못하는 정진훈의 유추는 진실과 거의 비슷했다.

"그것보다 징계는 확실하게 내렸겠지?"

"네. 감봉에 정직 처분했습니다."

"그래. 그 자리에 괜찮은 사람으로 발령 내주고."

"알겠습니다."

"그런데 손석호가 이용호를 감싸고 있어서, 내부 평판이 별다른 힘을 발휘하지 못하는 것으로 보입니다. 스마트 쇼핑 전략팀 자체가 폐쇄적이라 외부에 협력할 일도 거의 없어서 소문도 금세 사그라지고 있습니다."

"어차피 팀을 들어내는 것이 목표니, 고립되는 것도 나쁘지는 않겠지. 계속 그렇게 외부로 나오지 못하도록 견제만 하도록 해. 대신 간간이 양념 치는 것은 잊지 말고."

"알겠습니다."

정진훈이 자리에서 일어나 창가로 다가갔다. 정진용 회장과는 달리 사무실 내부는 고급스러운 분위기가 넘쳐흘렀다.

다른 점이 있다면, 정진용 회장실에서 보던 야경과는 달리 서울 시내가 더 가깝게 느껴진다는 점이었다. 층수가 낮기에 당연한 결과였다.

'결국 저만 남게 될 겁니다. 아버지.'

반짝이는 서울 야경 속에 정진훈의 모습도 녹아들어 갔다.

*　　　　*　　　　*

'처, 천억이라… 어떻게 해야 한 달에 천억을 벌 수 있을까.'

팀원 전부가 아이디어를 내기 위해 머리를 쥐어짜고 있었다.

아이디어가 채택되는 팀원에게는 상당한 액수의 인센티브까지 걸려 있었다.

개발팀인 용호가 이렇게 고심하는 이유였다.

팀 운용에 관한 전권이 정단비에게 있었기에 인센티브라는 당근도 걸 수 있었다. 그리고 정단비라는 팀장이 있기에 아이디어 수집이라는 이름하에, 지금처럼 업무 시간에 백화점 쇼핑도 가능했다.

'예쁘네, 엄마나 하나 사줄까.'

그러나 용호는 이내 생각을 접었다. 상금으로 집을 사고 빚을 갚고 나니 통장 잔고가 바닥을 보이려 하고 있었다.

그래서인지 확실히 잔고가 든든하게 받쳐줄 때보다는 여유가 줄어든 것 같았다.

한창 PS시스템을 개발할 때 보였던 불안함이 아이디어를 생각하고 있는 지금 다시 나타나려 하고 있었다. 그리고 그런 불안감을 더욱 부추기는 목소리가 들렸다.

"언제까지 쇼핑할 겁니까? 어서 알려주십시오."

용호의 옆에 서 있던 나대방이 위협적으로 말했다. 가만히 서 있는 것도 사람들에게 위압감을 풍겼다.

나대방은 스마트 쇼핑 전략 기획팀에 오고 나서부터 어미를 처음 본 병아리처럼 용호를 쫓아다녔다. 그런 행동이 부담스러웠던 용호가 손석호에게 부탁했으나 오히려 나대방이 거부했다.

"저는 손 수석님 보고 온 게 아닙니다."

"용호 씨도 들으셨죠? 그렇다고 합니다."

손석호의 그 한마디로 나대방의 사수가 결정되었다. 용호는 원망스러운 눈빛으로 손석호를 바라보았다. 아직 누군가의 사수가 될 준비가 되어 있지 않았다. 스스로를 챙기기에도 바빴다.

손석호가 말이 없기에 이번에는 정단비에게 구원 요청을 하였다. 그러나 이내 포기했다.

"……."

처음 시작이 좋지 않아서일까, 정단비와는 눈만 마주쳐도 스파크가 튀겼다.

둘은 서로의 눈을 응시한 채 아무 말도 하지 않았다. 더 있다가는 큰 싸움이 날 것 같았기에 용호가 먼저 포기했다.

아무 말 없이 용호가 옷을 고르고 있자, 이대로는 안 되겠다 싶었는지 나대방이 개입하기 시작했다.

"누구 줄 겁니까? 여자친구? 어머니?"

"여자친구는 없습니다."

"그럼 어머니라… 용호 씨가 저보다 한 살이 많았으니까……."

옷걸이에서 밀린 용호가 나대방을 가만히 쳐다보았다. 몇 가지 옷을 훑어보던 나대방이 하나를 골라 들었다.

"50대쯤 되셨을 테니 여기 이런 마르살라색의 깅엄체크 스타일이 괜찮습니다."

"네, 네?"

"제가 말하는 대로 사시면 돼요. 제가 패션도 나름 알아요. 이제 됐죠? 자, 가죠."

용호의 손에 옷을 쥐어준 채 성큼성큼 앞장서서 걸어갔다. 주의 깊게 보니 패션이 남다르기는 했다. 일반 개발자와는 달리 슬림한 셔츠에 재킷, 그리고 가슴 한편에는 행커치프까지 꽂고 있었다. 거기에 신발은 마치 군화를 연상시키는 검정색 워커. 남방에 운동화를 신고 있는 용호와는 확연히 달랐다.

"어, 나대방 씨."

나대방이 걸어간 곳은 점원이 있는 곳이었다. 그러고는 카드를 들고 계산을 마쳤다.

"엄청 튕기네… 뇌물, 먹었으니 이제 좀 배웁시다."

"뭐라고요?"

두 눈에 잔뜩 들어간 힘 덕분에 용호도 더 이상 뭐라고 말하지 못했다.

"사무실로 가면 되겠죠?"

계산을 마친 나대방이 뒤돌며 말했다. 그 모습이 얄미웠던 용호는 생각했다.

'그래, 한번 가보자.'

지옥의 코드 리뷰.

용호는 손석호가 자신을 트레이닝시켰던 방법을 그대로 사용할 생각에 슬며시 미소 지었다.

덩치 큰 곰의 형상을 하고 있었지만, 마치 조그만 토끼를 보고 있는 것 같았다.

"저……."

몇 마디 변명이라도 할라 치면 용호가 치고 들어왔다.

"소스 한 줄, 한 줄에는 명확한 의미와 사용에 대한 정의가 들어가 있어야 하는데 도대체 이게 뭡니까? 의미 없는 주석에 사용되지 않는 함수들까지, 이렇게 소스를 더럽혀서야 누가 이걸 보고 싶겠습니까?"

"그게……."

"시간이 없다, 일이 많다는 핑계는 듣고 싶지 않습니다."

용호가 속사포처럼 말을 내뱉었다.

"그건 제가 한 게……."

"팀 작업 아닌가요? 대방 씨가 한 게 아니면 끝나는 겁니까? 자신의 프로그램에 대한 애정도 없는 사람이 개발자라 할 수 있는 겁니까?"

용호의 신랄한 비판이 이어질수록 나대방은 점차 위축되어 갔다. 설마 이런 식으로 교육이 이루어질 줄 몰랐다. 그리고 용호의 말은 나대방을 더욱 충격의 도가니로 빠져들게 만들었다.

"오늘 보여준 소스에서 제가 말한 부분들 수정하시면 내일 다시 보겠습니다."

"네?"

약간은 거칠고 막 나가던 모습은 온데간데없었다. 용호의 말 한마디, 한마디에 휘둘리고 있었다.

"소스를 보는 눈, 제가 제대로 알려 드리려고요."

끙.

나대방은 자신이 한 말이 있었기에 더 이상 가타부타 말하지 못했다. 그저 비 맞은 토끼처럼 끙끙거릴 뿐이었다.

그 모습을 밖에서 보고 있던 손석호가 중얼거렸다.

"브라보, 역시 내가 제대로 봤군."

*   *   *

리팩토링.

처음 용호가 입사했을 당시 손석호가 코드 리뷰를 진행할 때 했던 일이었다. 지금 그 일이 다시 반복되고 있었다.

"이, 이건 아니야… 내가 생각했던 건… 이게 아닌데."

혼잣말을 중얼거리는 나대방에게 용호가 물었다.

"네? 뭐라구요?"

"아, 아닙니다."

처음의 자신만만하던 모습은 찾아볼 수 없었다. 계속되는 코드 리뷰에 나대방은 정신을 차릴 수가 없었다.

"자, 그럼 어제 1050라인까지 봤으니까 그 뒤부터 시작할게요."

"저, 저기 선배님!"

나대방이 손을 번쩍 들더니 용호를 불렀다. 화이트보드에는 빔에서 나온 화면이 띄워져 있었다.

나대방이 신세기 매직미러 작업을 하며 완성했던 소스였다. 이제 소스가 보기도 싫은지 용호에게 시선을 고정한 채 이글거리를 눈빛으로 쏘아보았다.

마치 자신의 말을 들어주지 않으면 사달을 일으킬 것 같은 기세였다.

"아, 네. 무슨 할 말이라도?"

"저한테 좋은 아이디어가 있는데 꼭 말하고 싶네요."

"좋은 아이디어요?"

"그 OH 프로젝트 때문에 고심하지 않으셨습니까."

신세기 매직미러를 개발할 당시 나대방은 의문을 가지고 있었다.

'왜 사람들이 오프라인에 옷을 사러 오는 것인가?'

'옷을 착용해 보기 위해서가 아닌가?'

'옷을 착용해 보기 위해 오프라인까지 와서 불편하다고 이

런 기계까지 사용할 필요가 있을까?'

'차라리 온라인에 있었으면 좋겠네.'

이런 의문을 가지고 있었지만 이미 개발이 진행 중인 상황이었다. 더구나 이미 위에서 결정된 사안, 나대방이 끼어들 틈은 없었다.

이러한 나대방의 생각을 전해 들은 용호가 손석호에게 알렸고, 곧 회의가 시작되었다.

"모델도 쓰기 힘든 영세 온라인 쇼핑몰에 들어가 보면 이런 댓글들이 많습니다."

〈착 샷이요.〉

모델이 착용한 사진을 보여 달라는 의미였다.

"인터넷에서 구매하기 때문에 최소한 누군가가 착용하고 있는 사진은 보여 달라는 것이죠. 이미 기존 온라인 쇼핑몰들은 자체 모델들을 사용하여 이런 착용 샷을 올려둡니다. 너무나도 아름답고 예쁜 모델들, 그런데 그런 모델들이 아니라… 자신이 직접 옷을 착용한 사진을 볼 수 있다면?"

나대방의 말에 몇몇 사람들이 고개를 끄덕였다. 괜찮다는 의미였다. 이야기를 듣고 있던 정단비도 나쁘지 않다고 여겼는지 호의적인 눈빛을 보내고 있었다.

"제 생각은 여기까지입니다. 여기 용호 선배 덕분에 머리가 터지기 일보 직전까지 갔어요."

나대방이 용호를 바라보며 말했다. '코드를 보는 눈'을 가지

려다가 '악마를 보았다'는 표정이었다. 물론 나대방은 코드 리뷰를 빗대어 한 말이었다. 그러나 다른 사람들은 아이디어를 짜내기 위해 머리가 터질 것 같았다는 의미로 받아들였다.

나대방이 말을 마치자 정단비가 주위를 둘러보았다.

"어때요? 저는 괜찮은데. 온라인 쇼핑몰에서 직접 옷을 입어볼 수 있다? 그렇지 않아도 온라인 쇼핑의 비중이 가파르게 상승하고 있는 현시점에 딱 맞는 아이디어 같은데. 손 수석님, 기술적으로 가능할까요?"

손석호가 입에서 우물거리던 단팥빵을 마저 삼키고 입맛을 다셨다.

"완벽하게 하자면 사용자가 올린 2D 이미지를 3D로 변환하고 해당 3D로 변환된 사용자와 옷을 합쳐야 하는데… 저희 팀에는 이미지 프로세싱 기술을 가진 팀원도 없고, 저도 그런 3D 스캐닝 기술에는 전문적인 지식이 부족해서 과연 구현이 가능할지 의문입니다."

과연 될 수 있을까 하는 우려가 가득했다. 이런 손석호의 의문은 어쩌면 당연한 것이었다.

프로그래밍도 전문적인 분야로 넘어가면 더욱 세분화된다. 이미지 관련 기술, 비전 관련 기술, 대용량 처리 관련 기술, 앱이나 웹 같은 front—end 기술 등등… 다양한 분야로 나뉘는 것이다.

그 말을 들은 나대방이 대뜸 말했다.

"그래서 제가 이곳에 있는 겁니다."

"……."

"제가 신세기 매직미러에서 담당했던 게 3D 스캐닝, 리솔루션 기술이었습니다. 대신 저는 여기 선배님이랑 같이 일하게 해주십시오."

나대방이 용호를 가리키며 씨익 웃었다. 그러나 손석호는 여전히 우려를 감추지 못한 채 나대방을 바라보았다. 그만큼 쉬운 일이 아니었다. 기획팀에서 좀 더 아이디어를 구체화시킨다면 일은 더욱 복잡해질 것이다.

"정말 자신 있어요?

"당연한 거 아니겠습니까. 더구나 이 선배님이 매직미러 소스를 훑어보는 것만으로도 버그를 찾아내셨는데 어려울 게 없습니다."

나대방이 용호를 바라보는 모습이 마치 '그렇죠, 선배님? 저 잘했죠?'라고 물어보고 있는 것 같았다. 나대방이 회의 시간에 계속해서 용호의 이름을 언급하는 것은 나름 용호를 배려하는 행동이었다. 용호가 중요 인물임을 사람들에게 주지시키려는 의도가 깔려 있었던 것이다.

"그럼 기획팀에서 좀 더 구체화시켜 보세요."

정단비가 말을 마치고 자리에서 일어났다. 그러나 그 순간 용호는 다른 생각을 하고 있었다.

'말하는 게 자꾸 노준우를 떠오르게 하네. 코드 리뷰 시간

에 한번 두고 보자.'

자신을 치켜세워 주는 모습이 과거를 떠오르게 만들었다. 용호가 어떤 생각을 하고 있는지도 모른 채 나대방은 덥수룩한 수염 사이로 하얀 이를 드러내며 얼굴 한가득 미소를 머금고 있었다.

∗   ∗   ∗

"갈 거야."

"도대체 한국엔 갑자기 왜 간다고 그러는 건데?"

"용호 보러 가야지."

"너 진작에 휴가 다 쓴 거 몰라?"

"그러면 휴직하면 되지."

"도대체 왜?"

제시가 답답하다는 듯 데이브를 쏘아보았다. 그런 제시의 눈빛이 무서운지 데이브가 눈길을 피하며 소심하게 중얼거렸다.

"여기 재미없어."

"데이브, 일을 재미로 하는 사람이 어디 있어."

톡톡 쏘아붙이던 제시가 이제는 살살 달래고 있었다. 어르고 달래서 돌발 행동을 하지 않게 하는 것이 어느새 제시의 주요 일과가 되어 있었다.

"그러면 재미도 없는데 살아서 뭐 해?"

"뭐?"

"아니… 그렇잖아. 내가 가장 많은 시간을 보내는 장소가 회사인데, 회사 일이 재미없다는 건 내 삶의 가장 많은 시간을 헛되이 보내고 있다는 거잖아. 왜 그런 삶을 살아야 하는 거지?"

나름대로의 논리가 있었다. 제시는 쉽게 반박하지 못한 채 말했다.

"어떻게 재밌는 일만 하고 살아, 재미없는 일도 하고 다들 그렇게 살아."

"그러면 우리는 그러지 말자."

"……."

끝까지 싸운다면 데이브를 설득할 수도 있었다. 그러나 제시는 굳이 그러지 않았다. 이미 데이브의 능력은 출중했고, 그가 어디를 가던 굶어 죽지 않으리라는 사실을 충분히 알고 있었다.

그건 자신 역시 마찬가지였다.

"같이 갈 거지?"

"그래. 맘대로 해라, 맘대로."

제시는 포기했다는 듯 중얼거렸다.

제시의 허락이 떨어지자 데이브는 바로 전화를 걸었다.

"제임스, 가자!"

그 말이 떨어지자마자 사무실 한쪽에 앉아 있던 제임스가 자리에서 벌떡 일어났다.

"너희를 누가 말리겠냐."

한숨 섞인 제시의 말로도 데이브의 기쁨을 막을 수 없었다.

Chapter 2
알고리즘 스터디

완벽한 전세 역전.

빔이 쏘고 있는 화이트보드 앞에 서 있는 것은 나대방이었고 앉아 있는 것은 용호였다.

"어허, 선배님 제가 뭐라고 했습니까. 2D 이미지에서 3D 모델로 변환하려면 중심 길이를 알아야 한다고 하지 않았습니까. 중심 길이들을 구해야 3D처럼 표현이 되지요."

"……."

자리에 앉아 있는 용호는 아무 말도 할 수 없었다. 대학 시절 배웠던 가장 어려운 알고리즘이 허프만 코딩을 이용한 데이터 압축이었다.

손석호에게서 추천 알고리즘을 배울 때도 무척 곤혹스러웠다. 결국은 버그 창 사용법을 알아내는 것으로 일이 일단락되었다. 그런데 다시금 위기가 찾아왔다. 그때처럼 상냥한 선생님도 아니었다.

"F—matrix estimation이나 Calibrated 5—point relative pose 같은 알고리즘을 사용해, 각각의 사진에서 epipolar geometry의 값들을 구해야 하지요. 알아들으셨나요?"

나대방은 사이다를 마신 듯 시원하다는 표정을 짓고 있었다. 코드 리뷰를 진행하며 겪었던 수모가 싹 씻겨 나가는 듯해 보였다.

반면 용호는 나대방을 보며 이를 갈고 있었다.

'내가 공부해서 꼭 익히고 만다.'

용호의 이런 생각은 어쩌면 무모할 수도 있었다. 지금 나대방이 설명하고 있는 분야는 컴퓨터 비전이라는 분야로, 전문적으로 전공한 사람도 어려워하는 이론들이었다.

나대방은 컴퓨터 비전 분야로 대학원 석사를 마치고 신세기에 병역 특례로 들어왔기에 전문적인 지식을 갖추고 있었다.

선민 대학교를, 그것도 학사로 졸업한 용호가 알 길이 없었다.

"다음 시간까지는 꼭 공부해 오면 좋겠어요."

이제 다음 턴.

2시간의 알고리즘 강의가 끝나고 이제 용호 차례가 돌아왔다. 코드 리뷰 시간, 용호의 설명이 길어질수록 이번에는 나대방이 이를 갈고 있었다.

  '두고 보자!'

  적당한 경쟁자의 존재는 서로를 발전시킨다고 했던가? 지금 용호와 나대방의 관계가 그러했다.

* * *

  불꽃 튀는 경쟁을 벌이고 있는 나대방과 용호의 모습을 지켜보는 두 개의 눈이 있었다.

  "저대로 둬도 될까요?"

  "물론입니다. 서로에게 약한 부분을 보완해 주면서 발전하는 거니까요."

  "그나저나, 과연 나대방 씨가 말한 아이디어가 천억을 만들어줄지⋯⋯."

  "기획팀에서도 OK 사인을 주지 않았나요? 저도 괜찮은 것 같습니다. 온라인에서 옷을 구매할 때 '정말 이 옷이 나한테 맞을까?'라는 의구심을 가지는 경우가 많이 있으니, 거기에 PS 시스템까지 합쳐 괜찮은 옷들을 추천해 준다면 아마 가능할 거라 생각됩니다. 만들어지면 저도 꼭 이용해 보고 싶을 정도니까요."

"그렇기야 한데… 불안하네요. 이번 프로젝트가 성공하지 못하면 독립은 영영 물 건너가 버리게 되니……."

정단비의 얼굴에서 근심이 가시질 않았다. 매출 천억이 말처럼 간단하지 않다는 걸 충분히 알고 있었다.

그러나 하지 않을 수도 없었다.

계속 이곳에 있다가는 처음 본 남자와 결혼하여 아무런 감정도 없는 삶을 살아야 할지도 몰랐다.

*　　　*　　　*

"하드웨어 구입을 신청했다고?"

"네. 이미지 저장 서버로 사용한다고 합니다."

"그건 왜?"

"나대방이라는 친구가 아이디어를 냈는데 온라인에서 신세기 매직미러처럼 사용자들이 옷을 입어볼 수 있게 만들겠다고……."

"그래, 나대방. 아주 능력 있는 친구였지."

말을 마친 정진훈이 남자를 쏘아보았다. 시원스러워 보이던 미소는 사라지고 맹수와 같은 기운이 쏘아져 나왔다.

단단히 화가 난 것이다.

"죄, 죄송합니다."

"신세기 매직미러 반응은?"

"…그, 그게."

"자네가 나와 함께 일한 지 얼마나 되었지?"

"십, 십 년가량 되었습니다."

"그 정도면 내가 얼마나 자네를 믿고 있는지 충분히 알 거라 생각하는데, 이런 식이면 곤란해."

타닥. 타닥.

정진훈이 책상을 손가락으로 두드렸다. 예의 그 맑은 소리가 귀를 간질였다.

그러나 정진훈의 말에 남자의 숙여진 고개가 펴질 줄을 몰랐다. 손가락으로 책상을 두드리는 이유를 누구보다 잘 알기 때문이다.

조용히 하고 있는 남자를 보며 정진훈이 말했다.

"양념은 치고 있어?"

"무, 물론입니다."

"가시가 하나 남았는데 쉽게 빠지질 않는 느낌이야."

"하드웨어 구입은 어떻게 할까요?"

"당연한 걸 왜 묻나."

조용조용한 어투였지만 그 속에는 누구도 쉽게 범접하기 힘든 기운이 도사리고 있었다.

똑같은 말도 하는 사람에 따라 달라진다. 정진훈이 하는 말은 가벼운 미풍이 아닌 무거운 망치처럼 듣는 사람을 때리고 있었다.

                    *   *   *

　아침 출근 시간.

　용호는 아직도 실감이 나지 않을 때가 있었다. 사원증을 목에 걸고 거대한 빌딩 안으로 들어서면 반짝이는 대리석 바닥이 용호를 반겼다.

　그 위를 천천히 걷고 있으면 절로 어깨에 힘이 들어갔다.

　'이런 것이 대기업 사원의 느낌인가?'

　그리고 임직원들만이 통과할 수 있는 게이트에 사원증을 찍을 때면 그 느낌이 절정에 달했다.

　삑.

　소리와 함께 용호를 막고 있던 문이 열렸다.

　그렇다.

　앞을 막고 있는 문이 열렸다. 용호도 통과할 수 있도록 허락해 준 것이다.

　과거 조선 시대 양반들이 신분을 입증하는 패를 이용하여 성문을 자유롭게 통과하듯, 용호도 이 게이트를 통과하는 것이 마치 현재 자신의 신분을 나타내고 있는 것 같았다.

　그렇게 한껏 어깨에 힘이 들어가 있는 용호에게 다가오는 사람이 있었다.

　퍽!

어느새 다가온 나대방의 굵은 손바닥이 누군가의 손목을 잡고 있었다.

"어허, 지금 뭐 하는 짓입니까?"

"아악. 다, 당신 뭡니까?"

손목을 잡힌 남자가 고통스럽게 비명을 내질렀다. 손에 들고 있던 커피가 바닥에 떨어져 대리석을 어지럽혔다.

"스마트 쇼핑 전략 기획팀에 근무하고 있는 나대방이요."

나대방의 걸걸한 목소리가 주변의 시선을 끌어모았다. 용호보다 한 살 어린 나이임에도 불구하고 외양만 보면 마치 용호의 삼촌뻘 같았다.

"어, 나대방 씨?"

갑작스러운 소란에 용호도 시선을 돌렸다. 나대방이 한 남자의 손목을 부여잡고 있었다. 가볍게 쥐고 있는 듯 보였으나 남자의 얼굴에서 느껴지는 고통은 간단치 않아 보였다.

"왜 얌전히 손에 들고 있던 커피를 이쪽으로 쏟으려고 했는지부터 듣고 싶은데요."

나대방이 용호 쪽을 가리키며 말했다. 그 말에 용호가 단번에 어떤 상황인지 알아차렸다.

더 이상 사람들의 입방아에 오르내리는 것을 원치 않았던 용호가 나대방에게 말했다.

"이만 올라가죠."

"아니요. 저는 이분께 아직 들어야 할 말이 있어서요. 선배님 먼저 올라가세요."

나대방은 남자를 잡고 있던 손에 더욱 힘을 주었다. 손목이 잡힌 남자의 얼굴이 시뻘겋게 달아오르기 시작했다. 끙끙거리는 신음이 주변에 더욱 많은 사람들을 불러 모았다.

그 모습이 용호의 눈살을 찌푸리게 만들었다. 남자의 잘못이 확인되지도 않았는데 힘으로 억압하는 모습은 작금의 상황에 대한 비난을 용호와 나대방 쪽으로 쏠리게 만들었다.

용호가 나대방을 쳐다보며 말했다.

"나대방 씨, 대방 씨가 아무런 배경이 없어도 지금 이렇게 행동할 수 있겠습니까?"

"……"

"올라가죠. 무슨 일인지 몰라도 이만하면 됐습니다."

탁.

용호의 말에 나대방이 남자의 손목을 뿌리쳤다. 얼마나 세게 잡고 있었던지 남자의 손목은 발갛게 달아올라 있었다.

손목을 뿌리친 나대방이 용호는 보지도 않은 채 성큼성큼 앞서 걸어갔다.

거대한 곰 한 마리.

그 곰의 앞길을 막는 사람은 아무도 없었다.

점심시간.

용호가 밥을 먹기 위해 자리에서 일어났다.

"대방 씨?"

"……."

"밥 안 먹어요?"

"……."

"아까는 내가 말이 심했으니까 식사하러 가죠."

나대방은 고개도 돌리지 않은 채 모니터만 보고 있었다. 그 모습이 재미있는지 손석호가 웃으며 말했다.

"배 안 고픈 것 같은데 우리끼리 갈까요?"

"수, 수석님, 그래도."

"늦게 가면 반찬 다 떨어집니다. 어서 가요."

손석호가 용호를 떠밀듯이 하며 사무실을 빠져나갔다.

꼬르륵.

나대방의 덩치를 유지하려면 그만큼의 에너지가 필요했다. 배에서 나는 소리가 구슬프게 들렸다.

점심시간이 끝나고 용호가 샌드위치를 하나 사 들고 왔다. 나대방의 덩치를 고려해 가장 큰 사이즈의 특대형 샌드위치였다.

우유와 함께 사온 빵을 나대방의 책상 위에 슬며시 올려놓았다.

"아까는 제가 말이 심했습니다. 도와주려고 한 건데… 미안해요."

"배경 같은 거 없습니다."

"그래요. 미안해요."

"그런 말은 삼가주세요."

은근 예민했다. 여전히 용호 쪽으로는 고개도 돌리지 않고 있었다. 거대한 덩치에 거침없는 행동과는 어울리지 않는 모습에 용호는 도무지 적응이 되지 않았다.

자리에 앉던 손석호가 불쑥 손을 내밀었다.

"여기, 단팥빵도 하나 먹어요."

나대방은 굳이 거부하지 않았다. 특대형 샌드위치에 단팥빵까지 채 오 분도 되지 않아 나대방의 배 속으로 사라졌다.

*　　　*　　　*

백을 아는 사람이라고 해서 가르치는 게 백 점일 수는 없었다. 분명 나대방은 많은 지식을 보유하고 있었으나 용호의 머릿속에 들어가는 건 십이 될까 말까 했다.

더구나 이야기를 하고 있는 높낮이가 달랐다.

나대방은 하늘을 보며 이야기하고 있는데 용호는 땅을 보며 말했다. 분명 도움은 되고 있었지만 아직 나대방과 대화를 하기에는 용호의 수준이 미천했다.

"선배님도 사람이군요."

나대방은 솔직하게 소감을 말했다. 처음 용호를 만났을 때는 천재라 생각했다.

한 번 쓱 보고 지나친 것만으로 버그를 잡는다는 게 나대방의 머리에서는 상상이 가지 않았다.

천재를 만났다는 흥분과 기대감에 팀을 옮겨 왔고 용호와 직접 생활을 하며 기대만큼은 아니었다는 실망감도 있었다.

그러나 예전 팀보다는 훨씬 좋았다. 오픈 소스 커미터라는 손석호에게서도 배우는 것이 많았고 용호에게서는 코딩을 배웠다.

알고리즘에 대한 지식은 떨어질지 몰라도 코딩에서는 용호가 나대방보다 나았다.

"그럼 뭐라고 생각한 겁니까."

나대방의 말에 용호가 웃으며 반문했다. 나대방과 대화를 나눌수록 용호는 알고리즘에 대한 공부가 절실해졌다.

수준이 어느 정도 맞는 사람들과 공부를 해야 할 필요성이 생긴 것이다.

'스터디를 한번 해볼까.'

스터디를 통해 수준이 비슷한 사람들과 같은 높이에서 대화를 나누면 조금 더 빨리 익힐 수 있지 않을까 생각한 것이다.

그리고 오늘이 그 첫날이었다.

'약간 떨리네.'

인터넷 포털 사이트를 보고 가입한 곳이었다. 마침 용호가 원했던 대로 대학교에서 했던 알고리즘을 다시 한 번 복습하고, 고차원의 알고리즘들을 학습하는 방향으로 커리큘럼이 구성되어 있었다.

용호에게 필요한 단계별 학습이었다.

이미 스터디원이 구성되어 있었고 용호가 마지막에 합류했다. 스터디 장이 센스가 있는지 남자 넷에 여자 세 명으로 비율도 적당했다.

"응?"

강남역 한 곳에 위치한 스터디 룸의 문을 열고 들어간 순간 용호는 놀랄 수밖에 없었다.

"선배?"

"형?"

최혜진과 지수민, 그리고 강성규가 그곳에 앉아 있었다.

*　　　　*　　　　*

인사는 나중이었다.

신세기에 입사하고 나서부터는 거의 본 적이 없었기에 반가움이 일었지만 일단은 스터디에 집중해야 했다.

스터디를 처음 모집한 스터디 장이 설명을 시작했다.

"일단은 한 달 동안 책 한 권을 떼고, 그 뒤로는 좀 더 어려운 부분으로 넘어갈게요. 나중에는 탑 코드나 코더 잼 같은 곳에 진출하는 것이 목표입니다."

탑 코드나 코더 잼은 일종의 프로그래밍 경진 대회였다.

최초 쿠글사의 신입 사원들을 대상으로 시작한 코더 잼은 이제 전 세계 프로그래머들이 참가하는 축제가 되었다.

탑 코드도 비슷했지만 조금 달랐다. 탑 코드에는 각 회사에서 필요한 코드들을 문제로 걸고 해당 문제들을 풀 때마다 상금이 지급되었다.

150달러에서 300달러, 500달러 등 다양한 액수의 상금이 걸리고, 가장 최적화된 코드를 낸 사람이 상금을 가져가는 구조였다. 그리고 코드가 많이 채택된 사람일수록 사이트 내의 등수가 올라간다.

그 밖에도 알고리즘 구현을 트레이닝할 수도 있었고, 알고리즘 경진 대회도 있었다.

그곳에 진출하는 것이 현재 모인 스터디의 최종 목표였다.

"이미 몇몇 분은 안면이 있으신 듯하지만, 먼저 돌아가면서 인사를 해볼까요?"

너그럽게 생긴 스터디 모임 장의 말에 한 명씩 돌아가면서 인사를 했다. 나이도, 사는 곳도 다 달랐다. 현재 다니고 있는 회사도 제각각이었다.

인사를 마치고 실력 체크 겸 간단한 문제를 하나 풀어보았다. 스터디 장이 가져온 문제는 큐 알고리즘이었다.

가장 먼저 삽입된 데이터가 가장 먼저 제거된다는 선입 선출 형태의 자료 구조로 용호도 익히 알고 있는 형태였다.

'이 정도는 쉽네.'

어려운 문제들만 겪어서일까. 유독 문제가 쉽게 느껴졌다. 물론 대학생 때 열심히 공부한 덕분도 있었다.

빠르게 문제를 풀고 고개를 드니 대부분 노트북 키보드 위에 손을 얹고 고심 중이었다.

'어려운 건가.'

다른 사람들의 표정을 보아하니 쉬워 보이지는 않다. 대학 시절 우상처럼 따르던 강성규도 아직 문제를 해결하지 못한 눈치였다.

그러다 우연히 지수민과 눈이 마주쳤다. 용호가 고개를 살짝 숙여 반가움을 표했다.

휙.

빠르게 고개를 돌린 지수민을 보니, 여전하다는 생각에 괜히 웃음이 흘러나왔다.

'끝나고 밥이라도 사야겠네.'

대학 시절과는 달리 이젠 베풀 수 있는 여유가 생겼다. 강성규에게도, 후배들에게도 더 이상 빌붙지 않아도 될 정도의 능력이 생긴 것이다.

"앞에서 설명해 보실 분 있으신가요?"

30대 초반의 나이에 정진섭이라고 자신을 소개한 프리랜서가 앞으로 나섰다. 170㎝를 넘어 보이는 키에 뿔테 안경 너머로 보이는 눈빛에서 고집스러움이 보였다.

설명을 이어가며 한 번씩 지수민이나 최혜진 쪽을 바라보았다. 용호는 정진섭이 자기소개에 굳이 여자친구가 없다고 이야기했던 것을 떠올렸다.

"궁금하신 점 있나요? 없으면 오늘 스터디는 이걸로 마치도록 하겠습니다."

스터디를 마치고 일어서려는 사람들에게 정진섭이 말했다.

"앞으로 함께 스터디를 해야 할 것 같은데 저녁이라도 같이 먹을까요?"

마침 저녁 시간.

7명의 인원이 삼겹살집을 향했다.

자리는 자연스레 두 무리로 나뉘었다.

"형, 진짜 오랜만이에요."

"그래. 반갑네……."

미래정보기술로의 입사를 거절한 후, 단 한 차례도 연락하지 않았다.

용호가 먼저 하지도, 그렇다고 강성규에게서 연락이 오지도 않았다.

그때의 일 때문인지 떨떠름해 보이는 표정이었다.

그뿐만이 아니었다.

대학 시절 그래도 생기가 있어 보이던 모습은 찾아볼 수가 없었다. 주름도 약간 보이는 것이 그새 나이를 든 것처럼 보였다. 그에 비해 최혜진의 성격은 대학 시절과 달리 활기가 넘쳤다.

"와, 선배 진짜 오랜만이다. 역시 대기업이라 생활이 괜찮나 봐요? 얼굴에 아주 기름기가 좔좔 흐르는데."

"그런가? 너도 좋아 보여."

"저희 회사에서 신세기로 이직한 사람들 말 들어보면 힘들다고 하는데, 선배 얼굴 보니 꼭 그렇지만도 않아 보이네요."

최혜진이 환하게 웃으며 말했다. 그 모습이 참 보기 좋았다. 강성규의 어두운 표정과는 정반대였다.

"야, 나도 힘이야 들지."

"전혀 그렇지 않아 보이는데… 근데 거기 혹시 자리 없어요? 나도 대기업 한번 다녀보고 싶은데."

자리가 없느냐는 최혜진의 질문에 사람들의 시선이 용호에게로 향했다. 심지어 지수민도 입으로 가져가던 고기 한 점을 가만히 내려놓았다.

"아마 사람 뽑을 거야."

그 말에 옆에 있던 정진섭이 끼어들었다.

"대기업이 뭐 별거 있나요. 어차피 다들 관리만 하느라 정작 프로그래밍 실력은 별 볼 일 없던데."

"하하, 뭐 그런 부서도 있고 아닌 곳도 있죠."

"저도 신세기 프로젝트 한 번 해봤는데 톰캣 인스턴스도 어떻게 띄우는지 모르는 사람이 태반이던데……."

정진섭은 말을 줄이며 용호 쪽을 슬쩍 쳐다보았다. 프로그래머로서의 자부심이 대단했다.

그러나 정말 공부를 하는 친구에게 왜 이렇게 공부를 못하냐고 하면 화가 나겠지만, 공부를 잘하는 친구에게 못하냐고 하면 크게 신경 쓰지 않는다.

여유와 자신감이 있었다. 용호가 그랬다.

"그런가요?"

"개발자인지 관리자인지, 사람 갈굴 줄이나 알지 코딩에 코자도 모르는 사람들이 와서 퍼포먼스가 어떻다느니, 왜 이렇게 쿼리를 짰냐고 할 때마다 참 내… 어이가 없어서."

정진섭이 정말 짜증이 난다는 듯 푸념을 늘어놓으며 함께 나온 맥주를 한 잔 들이켰다. 그리고는 그동안 쌓인 게 많았는지 계속해서 불평불만을 쏟아냈다. 대기업이 어떠니, 저떠니에서 시작된 이야기는 대한민국 IT 전반으로 이야기가 번져나갔다.

그러나 거기서 끝이 아니었다. 프로그래머가 가져야 할 자세, 자신은 어떻게 공부해 왔는지 등등 장황하게 설교를 늘어놓았다.

오랜만에 만난 사람들과 더 이야기를 나누고 싶었던 용호는 더 이상 이야기를 들어주기가 힘들었다. 핸드폰을 꺼내 다른 사람들 몰래 강성규에게 따로 문자를 보냈다.

[형. 오늘 저녁에 시간 되면 2차 갈까요?]

[좀 힘들 것 같은데.]

[아, 그래요. 그럼 할 수 없죠.]

그때 다른 사람에게서 문자가 도착했다. 최혜진이었다.

[선배, 저 사람 이야기 듣기 싫은데 따로 2차 갈래요?]

[그래 그럴까?]

강성규만이 빠진 2차가 다시 시작되었다. 마음껏 고르라는 용호의 말에 최혜진은 기뻐했고 그간 미래정보기술에서 일어난 많은 일들에 대해 들을 수 있었다.

*　　　*　　　*

최혜진에게 들은 이야기는 용호로 하여금 격세지감을 느끼게 하기 충분했다.

'김만호 이사는 잘리고, 김원호도 찬밥 신세라……'

최혜진이 말한 바에 따르면 김만호 이사가 잘린 뒤, 그렇지 않아도 능력이 그리 뛰어나지 않았던 김원호까지 찬밥 신세가 되었다며 고소해했다.

그간 사람들을 막 대했던 행동들이 부메랑이 되어 돌아온 것이다.

'시간이 흐르기는 흘렀구나.'

최혜진은 나름대로 회사 생활에 잘 적응하고 있었다. 능력도 조금씩 인정받아 여러 팀에서 탐내고 있다고 했다.

귀엽고 청순하게 생긴 외모 역시 한몫했다. 그에 반해 지수민은 점차 코딩에 흥미를 잃어가고 있었다. 최혜진의 말에 따르면 퇴사를 고민하고 있다고 한다.

가장 알 수 없는 건 강성규였다.

'성규 형이 잘돼야 할 텐데.'

크게 잘하는 것도 잘 못하는 것도 없이 조용히 회사를 다니고 있었다. 대학 시절 인정받던 모습을 생각하면 상상할 수 없는 상황이었다.

'사람 일이라는 게 참 모를 일이야.'

그간 용호의 주변에서 일어나는 일들을 생각하면 스스로도 '어떻게 이런 일이 일어났지'라고 생각할 수밖에 없는 일들이 대부분이었다.

그래도 열심히 한 덕분에 어느 정도 만족스러운 생활을 하고 있었다.

'이렇게 침대에서 잠도 자고 말이야.'

침대를 놓을 공간도 없었기에 살 생각도 하지 못했다. 그러나 NetFlax Prize에서 받은 상금으로 새집에 이사를 하면서 용호의 방에도 침대가 생겼다.

한층 더 안락한 생활이 시작되고 있었다.

　　　　　*　　　　　*　　　　　*

　기획팀에서 계산한 서버 구입 비용은 3천만 원 정도였다. 회원 수 천만을 기준으로 회원당 필요한 최소 이미지 용량을 2메가로 잡았다.

　하드디스크만 최소 20테라바이트가 필요했다. 거기에 백업까지 고려하면 40테라바이트였다.

　메가에 1024를 곱하고 기가에 1024를 곱한 것이 테라다.

　엄청난 대용량을 처리해야 하는 것이다.

　서비스 제공을 위한 서버까지 고려하면 2천만 원을 훌쩍 넘기기에 사업 비용으로 3천만 원을 청구했다.

　그러나 결과는 반려.

　"아직도 결재가 안 났다고요?"

　"네. 서버 구입 비용이 과다 청구되었다면서 반려되었습니다."

　"이건 뭐 마음대로 되는 게 하나도 없으니……."

　정단비가 답답해하며 한숨을 내쉬었다. 일을 진행하려고 할 때마다, 한 번에 매끄럽게 되는 일이 없었다. 회사 내부의 방해가 발생하거나 인력 부분에 문제가 생겼다.

　"외부 CDN(Contents Delivery Network : 콘텐츠 임시 저장소) 서비스를 사용하는 건 어떨까요?"

　허지훈이 나름 방안이라 생각한 의견을 개진했다. 그러나 바로 정단비의 반대에 부딪쳤다.

"IT 자회사까지 있는 마당에 외부 서비스를 사용하면… 내부에서 소문이 안 좋게 돌 겁니다. 최대한 내부 자원을 활용해야 해요."

정단비는 외부 자원을 사용할 생각조차 하지 않았다.

"그럼 일단은 좀 더 저렴하게 구매할 수 있는 곳을 알아보겠습니다."

"그냥 확 내 돈으로 사버리고 싶네요."

"…물론 팀장님이야 그럴 능력이 충분하겠지만 회사에서 허락을 해줄지가 의문입니다."

"그래요. 일단 가격을 낮출 수 있는지 좀 알아봐 주세요."

*　　　　*　　　　*

인천 국제공항에 파란 눈의 외국인 셋이 갈 길을 잃은 채 두리번거리고 있었다. 하나같이 준수한 외모로 사람들의 시선을 끌었다.

그중 금발 머리에 하얀 피부를 자랑하는 여자가 현재 상황이 무척 마음에 들지 않는지 얼굴을 잔뜩 찌푸린 채 서 있었다.

"어디로 갈 생각이야?"

"용호에게 가야지."

"미리 연락은 했어?"

"친구는 마음이 통하는 법, 용호도 나를 기다리고 있을 거 야."

데이브가 과장된 표정을 지으며 말했다. 그 모습이 한심한 지 옆에 있던 제시가 와락 얼굴을 구기며 퉁명스럽게 물었다.

"그래서 연락했냐고."

"아니, 연락처도 잃어버렸는데."

"…야, 이 미친놈아. 그걸 지금 말하면 어쩌자고!"

결국 제시가 공항 한복판에서 소리를 질렀다. 옆에 서 있던 제임스는 한국이라는 낯선 환경에 그저 싱글벙글 웃고 있을 뿐이었다.

데이브는 소리를 지르는 제시는 신경 쓰지 않은 채 제임스 에게 물었다.

"어때? 두근거리지 않아?"

데이브의 말에 제임스가 고개를 끄덕였다. 온몸을 뒤덮고 있는 근육과는 어울리지 않는 천진난만한 얼굴이었다.

"자, 그럼 출발해 볼까?"

"하아… 어디로 가려고."

"신세기로 가면 되지. 가자!"

데이브가 당당하게 발걸음을 옮겼다. 제시가 포기했다는 듯 데이브의 뒤를 따랐다.

　결국 정단비가 자금팀장을 직접 찾아갔다. 기존에 신청한 예산의 10%나 절약했음에도 예산이 승인되지 않았다. 이미 신청된 다른 팀들의 동급 하드웨어보다도 가격이 낮았다.

　"왜 안 된다는 겁니까?"

　"현재 자금이 부족합니다."

　"뭐요?"

　"신세기 매직미러 생산에 대부분의 예산이 잡혀 있어 하드웨어 구입 비용으로 예산을 할당할 수가 없습니다."

　깔끔하게 빗어 넘긴 가르마가 자금팀장의 성품을 알려주고 있었다. 정단비라는 재벌가의 직계가 말하고 있음에도 눈도 꿈쩍하지 않았다.

　"그래서 얼마까지 가능하다는 겁니까?"

　"지금 신청한 금액의 50%라면 가능합니다."

　"장난하는 거 아닙니다."

　"저도 장난 싫어합니다. 아니면 내년에나 예산 배정이 가능합니다."

　정단비의 숨소리가 거칠어졌다. 그러고는 하지 말아야 할 말을 하고 말았다.

　"왜, 정진훈 사장이 그러라고 시킵니까?"

　"아. 닙. 니. 다."

자금팀장이 한 자씩 끊어가며 말을 뱉었다.

"아니면 겨우 3천만 원도 배정이 안 된다는 게 말이 안 되잖아요!"

정단비가 격해진 감정을 채 추스르지 못한 채 발산했다. 사무실을 메우고 있는 사람들의 시선이 절로 정단비에게 쏠렸다.

그러나 자금팀장은 냉정했고 평정심을 잃지 않았다.

"계속하실 겁니까?"

정단비는 아차 싶었다. 이목이 집중된 상황, 더 이상의 대화는 무의미하다 판단했다. 그러고는 이내 발걸음을 돌려 사무실을 빠져나왔다.

'이걸 어떻게 말해야 하나.'

아마 손석호에게 말했다가는 또다시 사달이 일어날 것이다. 3천만 원의 예산도 따내지 못하는 팀장에 대한 팀원들의 신뢰도 바닥으로 떨어질 것이다.

'하아… 그렇다고 숨기고 있을 수도 없고.'

정단비의 고뇌가 깊어졌다.

Chapter 3
폐를 잘라낸 개발자

"용호, 용호 있어요?"

데이브가 더듬거리며 몇 마디 배운 한국어로 안내 데스크에 물어보았다.

"네?"

"이용호. 나 찾고 있어요."

그제야 안내원이 말을 알아들었는지 직원 명단을 찾아보기 시작했다. 완연한 여행객 복장의 데이브 일행은 사람들에게 구경거리가 되기 충분했다.

점심시간.

밥을 먹고 들어가는 사람들의 시선이 파란 눈의 외국인 셋에게 쏠려 있었다.

제시는 영 못마땅한지 목소리가 날카로워져 있었다.

"야, 이렇게밖에 못해?"

"그럼 더 좋은 방법이 없잖아. 이분이 곧 찾아주실 거야."

데이브가 안내원을 가리키며 말했다. 데이브의 질문을 받은 안내원도 정신이 없었다. 앞에서 영어로 이루어지는 대화의 태반이 귀에 들어오지 않았다.

어서 빨리 문제를 해결하고 앞에 서 있는 사람들을 보내고 싶을 뿐이었다.

점심을 먹고 회사로 들어가던 용호의 눈에 어디서 많이 본 사람들이 보였다.

"응, 저기 데이브 아니에요?"

용호의 말에 손석호도 미간을 좁히며 안내 데스크 쪽을 바라보았다.

"진짜네요. 저 친구가 여기는 무슨 일이지."

나대방은 처음 듣는 이름에 어리둥절할 뿐이었다. 그 모습에 용호가 간략하게 데이브에 대해 설명했다.

설명을 전해들은 나대방은 놀랄 수밖에 없었다. NetFlax Prize에 대해서는 잘 모르지만 NetFlax라는 회사는 잘 알고 있었다.

그 회사가 개최한 대회에서 일등을 한 사람이 바로 옆에 있는 용호라는 사실이 믿기지 않는 눈치였다.

"그 정도 능력이면 굳이 여기 다닐 필요 없지 않아요? 그리고 왜 회사에서는 아무 말도 없었지, 그 정도 성과면 회사에서도 적극적으로 홍보했을 텐데."

나대방이 정말 궁금하다는 듯 용호에게 물었다. 회사에서 어떤 연유로 조용히 있었는지에 대해서는 용호도 몰랐다.

손석호를 만나기 전까지 NetFlax Prize가 있는지도 몰랐기에 그저 프로그래밍 마니아들, 그중에서도 추천 관련해서 관심 있는 몇몇만이 아는 대회라 생각했다.

"뭐, 이런저런 사정 때문에……."

용호는 대충 얼버무리며 넘어갔다.

외국으로 나갈까?

이미 몇 번 했던 고민이었다. 미래정보기술에서 안병훈 과장과 얘기를 나눌 때, 면접의 기회조차 잡지 못하고 백수 생활을 했을 때도 했던 고민이다.

외국으로 나가고 싶은 생각이 아예 없는 것은 아니었다.

미천한 영어 실력.

갑자기 나타난 버그 창이 어느 순간 사라질지 모른다는 불안감.

그리고 외아들로서의 책임감에 쉽게 결정할 수가 없었다.

마침 안내 데스크에 있던 제시가 두리번거리다 용호를 발견했다. 그러고는 이제야 살았다는 듯 세차게 손을 흔들었다.

"여기까지 웬일이야?"

용호가 놀라움을 감추지 못하며 물었다. 반가움보다는 어떻게 여기에 있을 수 있나 하는 의아함이 더 컸다.

그건 용호만이 아니라 손석호도 마찬가지였다.

"그냥 보고 싶었어, 심심하기도 하고."

데이브는 뭐 별거냐는 듯 어깨를 으쓱거렸다. 지금 이 일이 얼마나 놀랄 만한 일인지 본인만 의식하고 있지 못하는 듯 보였다.

"그러면 미리 연락을 주지 그랬어."

"그게, 연락처를 잃어버려서."

부끄럽다는 듯 머리를 긁적이며 말하는 데이브의 모습에 순간 용호는 울컥하며 두 눈이 충혈되었다.

세상 어느 누가 자신을 보기 위해 연락처도 모르는 상태에서 비행기를 타고 10시간이 넘는 거리를 올 수 있단 말인가. 자신이 뭐라고 이렇게까지 찾아온 데이브가 고마웠다.

"내가 뭐라고 여기까지 왔어."

"우리 친구잖아."

담담하게 친구라고 말하는 모습에 코끝이 찡했다.

완벽하게 대화가 통하는 것도 아니었다. NetFlax Prize 때는 더욱 대화가 통하지 않았다. 지금은 대회가 끝난 후 꾸준히 영어를 공부했기에 그나마 더듬거리는 단어의 조합으로 몇 마디 내뱉을 수 있을 뿐이었다.

지금도 대부분 손석호가 중간에서 통역을 해주고 있었다.

대화가 잘 통하지 않음에도 자신을 찾아왔다.

친구.

몇 년 동안 함께 지내며 많은 은혜를 입었던 강성규와 멀어지고 있는 최근의 현실 덕분인지, 며칠 함께 하지 않았음에도 친구라며 자신을 찾아와 준 데이브가 더욱 고맙게 느껴졌다.

NetFlax Prize가 준 것은 상금만이 아니었다. 어쩌면 상금보다 더 큰 사람을 남겨 주었다.

용호가 감동에 빠져 있는 사이 나대방도 놀라움을 감추지 못하고 있었다.

나대방은 손가락으로 제임스를 가리키고 있었다. 손가락 끝이 마치 경련이 일어난 것처럼 떨렸다.

"어? 제임스 폴로 아닌가요?"

"……?"

제임스가 손가락으로 자신을 가리키며 몸짓으로 말했다. 그 모습에 제시가 대신 말을 전해주었다.

팡!

중간에 제임스의 등을 한 대 치는 것을 잊지 않았다. 그만 좀 부끄러워하라는 의미였다.

"자기를 아냐는데요?"

"알아요. 알아! 인프라 엔지니어들 사이에서 엄청 유명하잖아요!"

나대방이 유창한 영어로 말했다. 손석호보다 발음이 좋았다.

인프라 엔지니어.

서버 구축을 위해 필요한 하드웨어를 어떻게 구입, 구성할 것인지를 제안하는 사람이었다.

순간 용호는 다른 생각을 하고 있었다.

'나만… 영어가 젬병이네.'

나대방의 영어 실력에 자괴감에 빠져드는 용호였다.

잠시 뒤 손석호의 전화벨이 울리기 시작했다. 정단비였다.

통화를 끊은 손석호가 사람들을 보며 물었다.

"지금 회의실로 다 모여보라는데… 혹시 시간 되면 사무실 구경해 보실래요?"

"좋아."

데이브는 흔쾌히 손석호의 말에 찬성했다. 어차피 데이브가 찬성하면 제임스나 제시는 따랐기에 굳이 들어볼 필요도 없었다.

손석호가 데이브를 사무실로 초대한 것은 혹시나 좋은 이야기를 들을 수 있을까 하는 기대 때문이었다. 세계 최대 '온라인 쇼핑몰 '밀림'사의 수석 데이터 엔지니어였다.

그가 한국에서 일하는 모습을 보고 어떤 이야기를 해줄지 궁금했다.

그렇게 일행은 스마트 쇼핑 전략 기획팀이 위치한 곳으로 함께 이동했다.

＊　　　　＊　　　　＊

"…누구?"

정단비가 회의실로 들어오는 사람들을 보며 물었다. 정단비만이 아닌 모두의 관심사였다.

회의실 문을 열고 들어오는 세 사람. 제시, 데이브, 제임스에게로 시선이 쏠렸다.

답한 건 손석호였다.

"NetFlax Prize에서 만난 '밀림'사 수석 개발자들입니다."

손석호의 말에 대부분 한결같은 반응을 보였다.

놀람.

'밀림'사의 한해 매출은 신세기의 몇 배를 자랑하고 있었다. 그곳의 수석 개발자라는 직함이 주는 무게는 결코 가볍지 않았다.

"그, 그런 분들이 여기는 왜……."

"저희가 일하는 모습을 보고 혹시나 조언을 해주실 게 있는지 해서 모셔왔습니다. 마침 한국 사람들이 어떻게 일하는지 궁금해하기도 하셨고요."

손석호의 당당함에 몇몇 사람들은 저도 모르게 고개를 끄덕이며 수긍했다. '밀림'사 정도면 '같이 회의를 들어도 되겠지' 라고 생각한 것이다.

그러나 정단비는 아니었다.

"그래도… 회사 내부의 일인데 이렇게 외부인에게 공개하는 건 아니라고 봅니다."

조심스럽게 말하는 정단비를 보며 손석호가 고개를 저었다.

"이렇게 갑자기 회의를 소집한다는 건 문제가 생겼다는 뜻일 겁니다. 자고로 문제는 두루두루 알려, 여러 사람들의 혜안을 구해야 해결되지 감추기만 해서는 아무런 방법도 찾을 수 없습니다."

손석호의 단호함에 결국 정단비가 한 발 물러났다. 손석호의 말대로 문제가 생겨 소집된 회의였다.

어차피 말하려고 하는 내용 또한 외부인이 알아도 별 상관이 없는 문제라 여긴 것이다.

정단비의 말을 들은 몇몇 사람들 입에서 한숨 소리가 터져 나왔다.

하는 일마다 태클이 걸리는 듯했다. 정단비가 팀장으로 있다는 말을 믿고 온갖 방법을 다 사용하여 차출되어 왔지만 현실은 녹록하지 않았다.

회의감.

손석호와 용호, 나대방, 허지훈을 제외한 사람들을 뒤덮고 있는 감정이었다. 회의감의 밑바탕에는 정단비에 대한 불신이 깔리고 있었다.

팀 분위기의 와해.

그것이 지금 서버를 구입하지 못하는 것보다 더 큰 문제였다.

중간중간 나대방이 통역을 자처해 데이브 무리에게 설명을 해주었다. 제임스에게 잘 보이고 싶은 마음이 컸다.

이야기를 다 들은 데이브가 어처구니없다는 표정으로 사람들을 바라보았다.

No problem.

"뭐가 문제야? 50% 줄이면 되잖아."

영어를 할 줄 모르는 사람들도 No problem 정도는 알아들었다. 그러나 그다음 이야기는 제대로 해석되지 않았다. 용호 역시 마찬가지였다.

"저희도 알아봤는데 그리 쉬운 일이 아닙니다."

정단비가 나름 예의에 신경 쓰며 정중하게 말했다. 너무나 간단한 일처럼 말해 자존심이 상했지만 최대한 배려한 것이다.

Very simple.

"우리한테는 간단한 일인걸?"

이번에도 간단하다는 말은 알아들었다.

"제임스, 그렇지 않아?"

데이브의 질문에 제임스가 고개를 끄덕였다. 나대방은 역시 라는 표정을 지어 보였다.

제임스 폴로.

인프라 엔지니어들 사이에서는 꼭 한 번씩 들러야 하는 성 지처럼 취급받고 있는 블로그의 운영자였다.

$$*\qquad*\qquad*$$

"그러니까 ebuy나 중국 alibama에서 중고 부품을 사자는 말인가요?"

제임스가 대답 대신 고개를 끄덕였다. 보기와는 다르게 수 줍음이 많았다. 근육이라면 어디 가서 뒤지지 않는 나대방과 비교될 정도의 덩치로 부끄러움을 타고 있었다.

제임스를 대신해 제시가 말을 이었다.

"cpu, ram, 스토리지, 랙 마운트형 서버(서버 형태의 한 종류)까지 구할 수 있어요. 들어보니 CDN 서버를 구성하려고 하는 것 같은데… 중고 물품으로 사는 대신 대량으로 구매해 서 백업 서버를 튼튼하게 만들어두면 아무 문제없을 겁니다."

제시의 말에 데이브가 그것 보라는 듯 웃으며 사람들을 바 라보았다.

"그것 보라니까. 제임스는 '밀림'에서 초기 서버 구축부터 참여했던 친구야. 믿을 만하니까 걱정 안 해도 돼."

자신만만한 데이브의 말에 아무도 토를 달지 못했다. 바로 옆에서 통역을 하던 나대방이 갑자기 손을 들었다.

"저요!"

"네?"

"제임스 님이 서버 구축하는 데 제가 조수를 하겠습니다!"

나대방은 이미 제임스가 서버를 구축하기로 결정이라도 된 것처럼 행동했다. 그 모습에 정단비가 고개를 저으며 말했다.

"아무리 그래도 외부 분들에게 일을 맡기는 건 좀……."

정단비의 말에 손석호가 앞으로 나섰다. 이번 일을 꼭 관철시키겠다는 결연한 의지가 엿보였다.

"그러면 외주 용역을 주는 식으로 계약을 맺으면 되잖아요. 괜찮겠어요, 데이브?"

"물론 되지. 그렇지 않아도 잠깐 휴직하고 왔어. 일자리를 주면 우리야 좋지."

데이브까지 찬성하자 정단비는 한 발 물러설 수밖에 없었다. 어찌 되었든 일이 진행되도록 만들어야 했다.

"그, 그럼 일단 견적부터 내주세요."

정단비가 어쩔 수 없다는 듯 말했다. 그 말이 떨어지자마자 제임스가 서버 구축에 필요한 각종 하드웨어 사양을 엑셀로 정리하기 시작했고, 스마트 쇼핑 전략 기획팀의 주요 업무는

ebuy와 alibama를 통한 서버 장비 쇼핑이 되었다.

*   *   *

서버용 CPU와 일반 데스크톱의 가장 큰 차이는 MP(멀티 프로세서)의 지원 여부였다. 일단 데스크톱에는 하나의 CPU가 들어가지만 서버용에는 여러 개의 CPU를 꽂을 수 있었다.

그리고 이들 CPU 간에 유기적인 연결이 지원된다는 점을 들 수 있다. 그 밖에도 사용할 수 있는 메모리의 양, ECC(Error Correcting Code)의 지원 여부 등을 들 수 있었다.

이처럼 고려해야 할 사항이 많기에 하드웨어 전문가가 별도로 존재했다. 그러나 제임스는 가히 전문가라 불리어도 손색이 없을 만큼 방대한 지식을 자랑했다.

스마트 쇼핑 전략 기획팀이 해야 할 일은 제임스가 정리해준 스펙대로 하드웨어를 구매하는 것이었다.

그리고 그가 해주는 알토란 같은 설명들을 졸지 않고 듣는 것이 전부였다.

'어디까지 알아야 하는 거야……'

제임스의 설명을 듣고 있던 용호는 끝없는 프로그래밍의 세계에 살짝 두려움이 일었다.

JAVA나 C언어만 잘하면 될 줄 알았는데 데이터베이스가 중요하게 대두되었다.

데이터베이스를 어느 정도 다룰 수 있게 되자 알고리즘이 튀어나왔고, 알고리즘들에 대해 채 알기도 전에 이제는 하드웨어였다.

'끝없는 공부의 연속이네.'

그렇게 딴생각에 잠겨 있을 때도 제임스의 서버 구성 세미나는 계속되었다.

"용호, HBA카드가 뭐라고?"

"일종의 인터페이스를 위한 장치로 서버와 백업 스토리지 간 통신을 위해 필요한 장치."

"오, 딴생각하고 있는 줄 알았는데."

데이브가 장난스럽게 웃으며 말했다. 제임스만큼은 아니지만 데이브도 하드웨어 대한 지식이 상당했다. 지식만이 아니라 풍부한 실무 경험까지 갖추고 있어, 용호로서는 무슨 괴물을 보는 것 같은 기분이었다.

'역시, 저런 괴물들이나 NetFlax 같은 곳에서 일할 수 있는 거겠지.'

그러나 용호의 오해일 뿐이었다. 데이브나 제임스는 회사 내에서도 정상급에 속하는 개발자들. 대부분의 다른 개발자들은 각자의 전문 분야에만 익숙할 뿐, 다방면에 능통하지는 못했다.

*   *   *

50%의 예산 절감.

불가능할 것 같았던 일이 이루어졌다.

예산이 절감된 구매 목록을 가지고 가자 자금팀장도 어쩔 수 없다는 듯 예산 집행을 허락했다.

가격을 절약하기 위해 고성능의 하드웨어 하나를 구입하기 보다 성능이 떨어지는 장비 여러 개를 병렬로 연결해야 했다. 그만큼 서버의 개수는 늘어났고, 데이터 센터에는 상당히 많은 공간이 필요했다.

오늘은 그에 대한 협의를 위한 자리였다. 개발팀의 대부분이 데이터 센터가 위치한 가산 디지털 단지로 이동했다.

"여기가 한국의 실리콘밸리?"

데이브가 용호를 보며 물었다. 높이 솟은 빌딩들이 저마다의 자태를 뽐내고 있었다.

"뭐, 그, 그렇다고 할 수 있지."

용호가 말을 더듬는 이유는 한 가지였다. 그 빌딩 속에서 이루어지는 착취와 거짓의 향연을 충분히 맛보았기 때문이다.

"실리콘밸리요? 데이브, 여기는 실리콘밸리가 아니에요. 데스밸리에요."

데스밸리, 죽음의 땅.

옆에 있던 손석호가 얼버무리는 용호를 대신해 답했다. 데이브는 농담이라 여겼는지 한참을 웃었다.

"반갑습니다."

최종 책임자인 손석호가 나서서 손을 내밀었다. 데이터 센터의 서버 관리자 중 한 명인 유재만이었다.

기침이 나는지 한 손으로 입을 가린 채 손을 내밀었다.

"네. 유재만이라고 합니다. 말씀은 들었습니다."

"서버 놓을 공간이 나오던가요?"

"찾아보기는 했는데… 한번 직접 들어가서 보시겠어요?"

몸이 좋지 않은지 연신 기침을 해댔다. 안색은 용호가 한창 야근을 할 때보다도 나빠 보였다.

그런 유재만의 모습에 데이브가 용호를 보며 물었다.

"저 사람, 좀 쉬어야 하는 거 아냐?"

"그러게."

앞장서서 걸어가는 모습이 위태위태해 보였다.

데이터 센터는 가용성에 따라 등급이 나누어진다.

TIA(Telecommunications Industry Association)라는 곳이 바로 데이터 센터에 대한 표준화 단체로, 총 4개의 등급으로 데이터 센터를 나누고 있었다.

높은 숫자로 갈수록 갑작스러운 전원 차단이나 항온, 항습 같은 외부 요인에 따른 센터 운영 정지 시간이 줄어든다고 볼 수 있었다.

신세기 데이터 센터는 3등급으로 서버실 안으로 들어가며 설명하는 남자의 모습에는 자부심이 느껴졌다.

"제가 여기서 일한 지도 벌써 3년 정도가 되었네요."

유재만은 20대 후반에 입사해, 서른 초반이 될 때까지 근무했다며 자랑스러워했다. 딱히 거만하거나 남들을 무시하는 말투가 아니었다. 순수하게 자신이 이 데이터 센터를 구축했다는 것에 대해 자부심을 가지고 있는 듯 보였다.

"이쪽으로 오시죠."

센터 내부는 기계 장치들이 돌아가는 소음으로 가득했다. 귀를 기울이고 있지 않으면 소리가 제대로 들리지 않을 정도였다. 내부 먼지가 제대로 치워지지 않고 있는지, 몇 분 있지도 않았는데 용호도 기침이 나왔다. 멍멍한 귀는 덤이었다.

앞장서서 가던 유재만의 기침도 더욱 심해졌다.

밖으로 나오자마자 용호가 가쁜 숨을 내쉬었다. 아무리 서버실 안에 공조 장치가 돌고 있다고 하지만 젊은 나이의 용호도 쉬이 버티지 못할 만큼 공기가 탁했다.

용호뿐만이 아니라 모두가 기침을 하고 있었다. 기침을 하며 콜록거리고 있는 일행을 누군가가 기다리고 있었다.

서버 관리팀의 팀장이었다.

정단비가 추진하고 있는 일은 전 사원의 관심사였다. 재벌 직계가 추진하고 있는 일에 관심을 가지지 않을 임직원은 어디에도 없었다.

유재만이 남자를 보더니 일행에게 소개를 시켜주었다.

"크흠, 이쪽이 저희 팀장님이십니다. 인사하시죠."

가래가 나오는지 유재만이 목을 가다듬었다. 그러고도 목이 간지러운지 계속 기침을 해댔다.

팀장이라는 사람이 용호 일행에게 다가왔다.

"스마트 쇼핑 전략 기획팀 손석호라고 합니다."

손석호가 나서서 인사를 하자 유재만이 몇 걸음 뒤로 물러났다. 계속 잔기침을 하는 유재만에게 용호가 물었다.

"괜찮으세요?"

얼굴까지 발갛게 달아오르고 있었기에 걱정이 안 될 수가 없었다. 유재만이 괜찮다며 한 손을 들어 신경 쓰지 말라는 제스처를 취했지만 전혀 괜찮아 보이지가 않았다.

"병원에 가보셔야 할 것 같은데……."

옆에 있던 나대방이 보기에도 심상치 않아 보였는지 우려 섞인 목소리로 말했다.

그 사이에도 기침은 계속됐다. 이제는 가슴이 답답한지 왼쪽 가슴을 두드리기 시작했다.

"자네 괜찮은가?"

서버 관리팀의 팀장도 나서서 유재만을 살폈다. 순간 유재만이 크게 숨을 들이쉬었다.

흐흡.

들이쉰 숨을 미처 내쉬지도 못한 채 유재만이 앞으로 고꾸라졌다.

쿵.

입에서 흘러나온 피와 바닥에 부딪치며 찢긴 이마에서 나온 피가 합쳐져 바닥 타일 사이의 골로 흘러들어 갔다.

모두가 어리둥절해하는 사이, 제일 먼저 정신을 차린 건 손석호였다.

"이봐요! 정신 차려! 이봐!"

고함을 지르며 아무리 흔들어도 깨어나지 않자 손석호가 용호를 지목했다.

"빨리 119에 전화해!"

"아, 알겠습니다."

용호가 전화기를 들고 통화를 하려고 하자 팀장이 막아섰다.

"일단, 회사 내부 절차에 따라 상황실에 전화해야 합니다."

"지금 사람이 죽어가는데 뭐라는 거야! 이용호! 어서 전화 안 하고 뭐 하는 거야!"

벼락같이 소리친 손석호는 유재만을 눕히고 응급처치를 시작했다. 팀장이 말리는 통에 잠시 주춤거리던 용호가 다시 전화기를 들었다.

"이봐요, 지금 상황실이 먼저라니까! 119에는 나중에 전화하세요!"

팀장이라는 사람이 다시금 용호를 말렸지만 이번에는 용호도 개의치 않고 통화를 계속했다.

용호가 말을 듣지 않자 팀장이 힘으로 전화기를 빼앗으려 달려들었다.

"어허, 어딜!"

그 앞을 나대방이 막아섰다.

멀리서 사이렌 소리가 들리는 것 같았다. 용호가 회사에서 듣는 두 번째 앰불런스 소리였다.

*　　　*　　　*

데이브 일행은 먼저 숙소로 돌려보냈다. 앰불런스에 탈 수 있는 인원에 한계가 있었기 때문에 나대방도 본사로 상황을 전파하라며 보냈다.

병원 응급실에 용호와 손석호가 나란히 앉아 있었다.

"하아……."

용호가 두 손으로 얼굴을 감싸 쥔 채 한숨을 내쉬었다. 미래정보기술에서 안면이 있던 과장이 심장마비로 병원에 갔다고 했을 때는 사실 실감이 나지 않았다. 마치 아프리카에서 굶어 죽는 아이들을 TV에서 보는듯한 느낌이었다.

그러나 지금은 아니었다.

바로 눈앞에서 사람이 피를 흘리며 쓰러졌다. 비록 평소 친분은 없었지만 피를 흘리며 쓰러지는 모습은 충격 그 자체였다.

"괜찮아요?"

"아, 네. 저는 괜찮습니다."

"서버 구축하러 가서 이게 무슨 날벼락 같은 일인지 참내……."

손석호도 한숨을 내쉬고 있었다.

"저분은 괜찮을까요?"

"생명에는 지장이 없다니 기다려 봐야죠."

시간이 지나고 손석호도 흥분했던 감정이 가라앉았는지 예전 말투로 돌아와 있었다. 소식을 듣고 도착한 보호자들에게 상황 설명을 해주는 침착함까지 보였다.

용호는 그런 손석호가 새삼 대단해 보였다.

오픈 소스 커미터라는 능력.

그리고 후배를 생각하는 마음.

거기에다 응급처치 능력에 울부짖는 보호자를 대하는 침착한 태도까지 하나같이 감탄사를 자아내게 만들었다.

수술이 끝나고 나니 시간은 새벽을 가리키고 있었다. 유재만을 실은 환자용 침대가 수술실을 빠져나오고 있었다.

생명에는 지장이 없었다.

다만 폐를 잘라냈다.

의사는 아마 평생 달리기 같은 운동을 하지 못할 수도 있다고 말했다.

용호의 가슴이 먹먹해졌다.

유재만의 보호자들은 이성을 잃고 울부짖었다. 수술의 여파인지 감은 눈을 뜨지 못했다.

"평소에 많이 피곤했던 모양입니다. 면역력이 떨어지면 생기는 병인데……."

"……."

손석호는 의사의 말에 아무 말도 하지 못했다. 용호 역시 그 어떤 말도 할 수 없었다.

보호자들의 울음소리도, 의사의 설명도 그저 조용히 듣고 있을 수밖에 없었다.

*   *   *

유재만이 기침을 하며 출근 준비를 마쳤다.

"아들, 병원 가라니까."

"이번 토요일에는 쉴 거 같으니까 그때 가볼게요."

"간다고 한 게 벌써 언제야, 그놈의 회사는 퇴근도 안 시켜주고, 너 아니면 일이 안 된대?"

"대기업이 다 그래요."

신발 끈을 동여매고 현관에서 몸을 일으켰다.

펑.

순간 머리가 어지러운지 벽을 짚고 기대었다. 놀란 유재만의 어머니가 황급히 부축했다.

"지금 병원 가자!"

이대로는 안 되겠다는 듯 언성을 높였다. 잠시 고민하던 유재만이 힘겹게 말했다.

"…괜, 괜찮아요. 오늘 특히 중요한 일이 있어서 이번 일만 처리하고 갈게요."

유재만도 이제는 안 되겠는지 '병원을 가야겠다' 생각했다. 마지막으로 이번 일만 마무리되면 어떤 일이 있어도, 휴가를 내서라도 '병원에 가야겠다' 다짐했다.

하필이면 정단비 팀과 미팅이 잡혀 있었다.

정단비. 정진훈의 동생이자 정진용 회장의 막내.

갑작스러운 미팅 취소로 눈 밖에 나고 싶지 않았다.

이번 일만 마무리되면.

병원에 가고 싶었지만 시간이 나지 않았다.

지난 일 년간 사천 시간 정도를 근무했다. 매월 하루나 이틀 정도 쉬어야 가능한 근무 시간이다.

새벽 퇴근에 새벽 출근을 하지 않으면 안 되는 업무 강도, 그래도 버텼다.

이번 일만 마무리되면.

쉬어야지, 병원에 가야지, 가족들과 외식도 하고 친구들도 좀 만나야지, 라고 생각했다.

유재만은 어지러움이 가시자 현관문을 열었다. 이른 아침 눈부신 태양이 온몸을 비추자 몸에도 점차 생기가 돌기 시작했다.

＊　　　＊　　　＊

한 남자가 출근을 하지 않았다.

그래도 회사는 아무 일도 없다는 듯 굴러갔다. 중간중간 그때의 상황을 용호에게서 듣기 위해 인사팀 면담도 진행되었다.

용호의 머릿속에서 그 당시의 일이 계속 재생되었다. 평소 안면도 없었다. 처음 만난 남자였다. 단 하나의 접점은 같은 회사 동료라는 것이다.

"용호, 언제든 생각이 바뀌면 말해. 내가 추천서 써줄 테니까."

가라앉아 있는 용호의 모습에 데이브가 조심스럽게 말했다. 그 마음 씀씀이가 고마워 용호는 억지로라도 웃음 지어 보였다.

"항상 고맙게 생각하고 있어, 기억하고 있을게."

서버 구축은 순조롭게 진행되었고. 대부분의 일을 나대방에게 전수한 데이브 일행은 한국을 떠났다.

휴직 기간이 짧았던 탓도 있지만, 데이브 역시 그때의 일로 충격을 받은 듯했다. 그러나 용호만큼은 아니었다.

회의감.

'회사를 다녀 무엇하나'라는 회의감이 용호를 감싸고 있었다.

그래서 집착했다.

잊기 위해 일에 몰두했다. 지난날 성공을 위해 일에 몰두했다면, 지금은 잊기 위해서였다.

중간중간 남자의 소식이 들려왔다.

산재 신청.

그리고 거절.

유재만은 일 년에 사천 시간을 일했다며 산재를 신청했고 거절당했다. 주변 동료들에게 증언을 부탁했지만 그마저도 여의치 않았다.

〈미안하다. 우리도 살아야 하니 입장을 이해해 달라.〉

회사의 조직적인 방해와 주변 동료들의 외면 속에 남자는 고립되어 있었다. 언제 끝날지 모르는 소송이 시작되었다고 들었다.

회사 사람들은 하나같이 남자의 패배를 예상했다.

간간이 들려오는 그의 소식에 용호는 더욱 일에 몰두했다.

단 하나의 좋은 소식도 없었기에 그럴 수밖에 없었다. 잘살

게 된다면 잊기라도 쉬웠을 것이다. 그럴 수 없기에 용호는 더욱 스스로를 혹사시켰다.

번 아웃 증후군.

그 뒤에 찾아온 것이 번 아웃 증후군이었다. 특정 업무에 에너지를 다 소진하고 무기력증에 휩싸이는 상태를 가리키는 말이었다.

"용호 씨."

"네. 팀장님."

"요즘 무슨 일 있어요?"

"아무 일도 없습니다."

용호의 말투는 딱딱했다. 심기의 불편함과 피곤함으로 인한 짜증이 얼굴에 그대로 드러나 있었다.

"그게 아닌 것 같아서 하는 말이에요. 근래에 예전보다 확실히 능률이 떨어진 건 알고 있어요?"

정단비는 걱정이 되어서 하는 말이었다. 그러나 그런 이야기도 용호에게는 고깝게만 들렸다.

CI 서버에서는 누가 어느 정도 양의 소스를 커밋하고 있는지도 기록되고 있었다. 초기 개발자별 능력을 정량적으로 측정하기 위해 손석호가 구성해 둔 것이다.

용호가 소스를 커밋하는 양이 현저하게 떨어져 있었다.

정단비의 말에는 진심이 담겨 있었다. 용호에 대한 염려가 가득했다. 불가능해 보이는 일도 누구보다 열정을 가득 담고 있는 용호의 손에 맡겨지면, 쉬이 해결됐다.

정단비는 마지막 발버둥이라고 생각하며 정진용이 내린 시험지를 받아들였다. 한 줄의 답도 적지 못하고 있었지만 용호로 인해 마침표를 찍을 수 있다는 희망이 보이고 있었다.

그러나 그 희망의 불씨가 꺼지려 하고 있었다.

"…유재만 씨는 어떻게 되셨나요?"

"그거야, 회사에서 적당하게 대우를 해주고 있는 걸로 알고 있는데 갑자기 그 얘기는 왜……."

"저도 쓰임이 없으면 버려지게 되겠죠?"

번 아웃 증후군의 원인이 용호의 입을 통해 흘러나왔다. 왜인지 모를 적개심이 가득한 용호의 말에 정단비는 당황한 기색이 역력했다. 순간적으로 말문이 막혔는지 아무 말도 하지 못했다.

"……."

"곤란한 질문 드려서 죄송합니다."

용호는 금세 사과를 하며 고개를 숙였다. 그런 용호를 향해 정단비가 다급하게 말했다.

"그, 그럼 항상 쓰임이 있으면 되잖아요. 용호 씨 능력이 어디 가는 것도 아니고, 지금까지 잘해왔잖아요."

"능력이라는 게… 갑자기 사라질 수도 있죠."

용호가 쓸쓸하게 웃었다.

남들이 순간적으로 자신을 천재라고 생각하고 있는 이유인 버그 창, 갑자기 나타났듯이 어느 순간 갑자기 사라질 수도 있었다.

그랬기에 용호는 더욱 버그 창이 없어질 경우를 생각해 행동해 왔다.

그러나 갑작스러운 용호의 행동을 정단비는 다르게 해석했다. 사라질 수도 있다는 말에 이 회사를 나갈 수도 있다고 여긴 것이다. 용호가 하고 있는 내적 갈등의 원인을 능력에 대한 대우라 생각했다.

"팀장… 팀장 자리를 약속할게요. 매출 천억이 달성되면 이 회사를 나가 손 수석님과 함께 회사를 만들 거예요. 그때 용호 씨가 그 회사의 팀장이 되어주었으면 합니다."

"네?"

"CTO는 손 수석님이 될 거예요. 그러니까 조금만 도와줘요."

애처로운 정단비의 모습에 용호는 어리둥절했지만 고개를 끄덕였다. 어차피 당장 회사를 나갈 생각은 없었고, 손석호가 있는 곳이라면 어디든 괜찮을 것 같았다.

그만큼 손석호에 대한 믿음은 공고했다. 정단비가 한 말에 그저 고개를 끄덕인 것은 손석호가 CTO로 간다는 말이 이유의 전부라 해도 과언이 아니었다.

용호와의 대화로 충분치 않았는지 정단비가 손석호를 찾았다.

"저대로 둬도 괜찮을까요?"

"누군가 그저 지켜봐 주고 있다는 것만으로도 힘이 될 겁니다."

손석호는 지금 용호가 겪고 있는 상황을 알고 있는 눈치였다. 그리 걱정스럽지도 않은 듯 대수롭지 않게 생각하고 있었다.

"미친 사람처럼 열심히 하다가 또 저렇게 무기력하게 앉아 있는데……."

그에 반해 정단비는 걱정이 가득했다. 정단비의 방에서 보이는 용호의 모습은 서울역 노숙자에게서나 볼 수 있을 법했다. 텅 빈 눈동자와 의미 없는 몸짓, 허무해 보이는 분위기가 흘러넘쳤다.

"누구나 한 번쯤 겪는 성장통입니다. 대부분 2, 3년 차에 오지만… 용호의 경우에는 좀 더 일찍 찾아온 것뿐이죠."

손석호는 그저 담담하게 용호를 바라보고 있었다. 그 담담한 눈빛 속에는 따뜻한 기운이 서려 있었다.

용호를 생각하는 마음이 은연중에 흘러나왔다.

*　　　　*　　　　*

어찌 되었든 시간은 흘러간다.

평일이 지나면 주말이 온다.

회사원들이 공식적으로 출근을 하지 않아도 되는 시간, 무기력함에 잠식되어 누워 있다 보니 어느새 스터디에 갈 시간이 다가오고 있었다.

조금만, 조금만 더 누워 있다가 나가야지라고 생각한 게 벌써 30분 전이다.

개포동에서 이사한 논현동, 걸어서 20분이면 강남역에 도착할 수 있었다. 버스를 타면 10분이었다.

그러나 누워 있는 용호가 일어나지 못하는 가장 큰 이유는 무기력감.

결국 메시지 어플을 실행시켰다.

그리고 어렵게 한 자씩 적어 내려갔다.

이용호 : 제가 오늘 몸이 너무 아픈 관계로 참석을 못할 것 같습니다.

무기력으로 인해 온몸이 물이 푹 절은 스펀지처럼 무거웠다. 침대에 누워 단톡방에 메시지를 올리자 빠르게 답장이 올라오기 시작했다.

최혜진은 걱정과 염려가 가득한 문자로 용호를 위로했다. 그러나 그렇지 않은 사람도 있었다.

섭's : 그런데 오늘 이용호 씨 발표일 아닌가요? 해싱(알고리즘의 한 종류) 발표하기로 했던 걸로 기억하는데…….

스터디장님 : 맞네요. 오늘이 용호 씨 발표일이었네… 이거 곤란하게 됐네요.

용호도 깜박 잊고 있었다.

회사 일도 제대로 하지 못하고 있는 상황, 스터디에서 뭘 해야 할지 기억하고 있을 리 없었다.

이용호 : 정말… 죄송합니다.

섭's : 스터디를 하면 항상 이런 게 문제죠. 꼭 한두 마리씩 미꾸라지가 있다니까요. 갑자기 회사에 일이 생겼다. 아프다. 하필이면 날짜가 뭔가 그 사람이 준비해야 할 게 있는 날이라는 거죠.

스터디장님 : 아, 뭐, 아프다고 하시니… 어쩔 수 없겠네요.

섭's : 저희도 모임 규칙 같은 걸 정하죠. 몇 회 불참이면 탈퇴시키는 것 같은, 다들 어떠세요?

정진섭의 문자가 계속 용호의 신경을 건드렸다. 가만히 누워 있으려니 조금씩 화가 치밀어 올랐다.

섭's : 어차피 발표자도 빠지는데 오늘은 그냥 친목 모임으로 하는 건 어떨까요? 벌써 스터디한 지 꽤 된 것 같은데 서로 좀 더 아는 것도 나쁘지 않은 것 같고, 이 바닥이 좁잖아요.

스터디장님 : 뭐, 그것도 괜찮은 것 같네요. 다른 분들 의견은 어떠세요?

섭's : 그렇게들 하시죠. 어차피 다들 집에서 나오셨을 시간일 텐데, 용호 씨가 하루 전에라도 알려줬으면 제가 준비했을 텐데 아쉽네요.

이미 약속 시간은 채 20분도 남아 있지 않은 상황이었다. 다른 사람들은 이미 집에서 나온 상태였다.

문자를 보고 있던 용호는 정진섭의 말에 억지로 몸을 일으켰다. 명백히 자신이 잘못한 상황, 변명의 여지가 없었다.

막상 도착하고 보니 용호가 가장 먼저 스터디 룸에 도착했다. 다들 조금씩 지각을 한 것이다.

"와, 왔어요?"

"제가 몸이 안 좋아서 피피티를 별도로 준비하지는 못했고, 코딩을 하면서 해싱에 대해 설명드려도 될까요?"

"그, 그렇게 하시죠."

용호의 박력에 스터디장이 얼떨떨한 얼굴로 대답했다.

근 30분에 걸친 설명 시간이 끝이 났다.

어디 하나 흠잡을 데 없는 설명에 누구 하나 딴죽을 걸지 못했다. 몇몇 질문이 던져졌지만 자세한 설명에 다들 고개만 끄덕일 뿐이었다.

그리고 잠깐의 쉬는 시간.

단연 화제는 신세기였다.

최혜진이 쉬는 시간을 틈타 용호에게 물었다.

"선배 몸은 괜찮아요? 선배네 회사에서 사람 한 명 쓰러졌다고 하던데… 그쪽이 일을 엄청 시키나 봐요. 선배도 이렇게 몸이 안 좋고."

유재만의 이야기는 여기까지 퍼져 있었다. 과로로 인해 폐가 잘렸다는 소재는 너무나 자극적이었기에 인터넷 매체들은 너나 할 것 없이 기사를 내보냈다.

신세기 기업의 힘 때문인지 중앙 언론에서는 크게 다루어지지 않았지만 개발자 커뮤니티 사이에서는 핫이슈였다.

"일을 많이 시키기는 하지."

그때의 기억이 다시금 떠오르는지 용호가 얼굴을 찡그렸다. 최혜진이 놀랍다는 듯 눈을 동그랗게 뜨고는 연이어 감탄사를 내뱉었다.

"대박, 진짜 장난 아니다."

그 사이로 용호의 신경을 건드리는 말이 들려왔다.

"그러니까 개발자들 스스로가 능력을 키우기 위해 노력해야 하는 거예요. 자기 계발을 안 하니까 맨날 야근이나 하다가 쓰러지는 거지."

"……."

용호의 입술이 씰룩거렸다.

무기력으로 뒤덮여 있던 공기에 변화가 생기고 있었다.

"능력이 없으니까 그저 '네', '열심히 하겠습니다'. 열심히 하는 게 중요한 게 아니라 잘해야 합니다. 그런 면에서 보면 수민 씨나 혜진 씨는 잘하고 있는 거예요. 주말에도 안 놀고 스터디 하는 걸 보면. 아프다고 빠지고 일 있다고 빠지면 나중에 큰일 납니다."

꿈틀.

용호의 손이 꿈틀거렸다. 정진섭의 말이 창과 망치가 되어 용호를 덮고 있는 막을 부수고 있었다.

정진섭의 말에 답한 건 최혜진이었다. 사건에 관심이 많았는지 사정을 좀 더 자세히 알고 있었다.

"뉴스 보니까 이번에 론칭하는 S몰 때문에 야근을 많이 해서 그렇다던데……."

"그러니까, 능력이 없으니 야근하는 거죠. 저 같으면 절대 그렇게 안 합니다."

드르륵.

정진섭의 말에 용호가 갑자기 자리에서 일어났다. 그러고는 차가운 안광으로 정진섭을 쏘아보았다. 그 시퍼런 기색에 놀랐는지 정진섭이 말을 더듬었다.

"뭐, 뭡니까?"

일촉즉발의 상황.

다행히 바로 옆에 있던 최혜진이 용호의 팔을 잡아당겼기에 큰일은 벌어지지 않았다.

"얼마나 능력 있는지 한번 지켜보겠습니다. 저는 몸이 안 좋아서 먼저 일어나 보겠습니다."

찬바람을 일으키며 용호는 자리에서 일어났다. 용호를 단단히 감싸고 있던 무기력이라는 막에도 구멍이 뚫렸다.

*　　　*　　　*

아침 출근 시간.

회사 내부에서도 S몰 론칭에 대한 광고가 한창이었다. 론칭에 맞춰 직원들에게도 5만 원 상당의 포인트를 지급해 주고 S몰 사용을 유도했다.

S몰 담당 팀에서는 전사적으로 메일을 보내 혹시나 사용 중 발견되는 버그가 있다면 연락을 달라고 해왔다. 그러나 굳이 임직원들이 버그를 보내지 않아도 되었다.

론칭 첫날.

신세기 고객 센터는 고객들의 항의 전화로 업무가 마비되었다.

"그래서 용호 씨가 지원을 가야 할 것 같아요."

"제가요?"

"S몰에 PS시스템을 붙이는 작업 협의도 할 겸해서요."

정단비가 아침부터 용호를 찾았다. 나대방은 프로젝트 OH

에서 중추적인 부분을 담당하게 됐기에 시간을 낼 수 없었다.

더구나 서버 구축까지 메인으로 관여하고 있어 몸이 10개라도 모자랄 판이었다.

그렇다고 손석호를 보낼 수도 없는 상황, 당장에 급한 일이 없는 용호가 적격이었다.

"가라면 가야지 별 수 있겠습니까."

용호가 시니컬하게 답했다.

그 사건 이후 생겨난 특징 중 하나였다. 시니컬함과 부정적인 태도가 은연중에 튀어나왔다.

"한 이 주일 정도면 될 것 같으니까, 그쪽 팀으로 출근하면 돼요. 가산에 있는 데이터 센터 건물 알고 있죠?"

"……."

하필이면 또 그 건물이었다.

일을 하고 있는 용호를 지켜보고 있는 두 쌍의 눈이 있었다. 정단비가 팔짱을 끼고 염려 가득한 눈으로 용호를 보고 있었다. 그에 비해 손석호는 차가우리만큼 냉정한 눈빛이었다. 장난기 가득한 모습은 어디에서도 찾아볼 수 없었다.

"괜찮을까요?"

"어차피 남이 해결해 줄 수 있는 문제가 아니니까요."

"그래도… 가족 분들도 그쪽에 오셔서 시위를 하고 있다는데……."

정단비의 목소리에는 염려가 가득했다. 그럴수록 손석호는 단호하게 말했다.

"과거에 얽매여 현재를 망치는 모습을 이대로 지켜보고 있을 수만은 없습니다."

너무나 냉정했기에 오히려 용호를 얼마나 걱정하는지 알 수 있을 것 같았다.

사자의 교육법.

손석호가 용호를 대하는 방법이었다.

*   *   *

일 년에 사천 시간의 근무시간.

산재 인정 왜 안 되나.

사람보다 일 중심.

일보다 결과 중심.

가산에 위치한 데이터 센터로 출근하던 용호는 한동안 멍하니 선 채 움직이지 못했다.

목에 맨 피켓이 몸 전체를 가릴 정도의 왜소한 몸으로 한 중년 여성이 회사 앞에 서 있었다.

너무나 가녀린 몸이 금방이라도 쓰러질 것 같았다. 그 모습에서 용호는 자신의 어머니를 보고 있었다. 자신이 잘못된다면 아마 어머니도 저런 모습을 하고 있지 않을까?

그러나 사람들의 반응은 냉담했다.

길가에 뿌려지는 전단지보다 못한 취급.

사람들은 피켓을 외면하고 건물 안으로 들어갔다.

사무실은 사람들로 북적거리고 있었다. 쾌적한 편에 속하는 스마트 쇼핑 전략 기획팀에 근무하다, 오랜만에 개발자로 북적거리는 이런 환경에 온 것 같았다.

S몰 개발을 담당하고 있는 과장이 용호에게 자리를 안내했다.

"아, 이용호 씨? 말씀은 많이 들었습니다."

"네."

"일단 PS시스템과 S몰 연동은 아시다시피 S몰 사정 때문에 연기가 됐어요. 이쪽에서 앉아서 테스트를 하거나 테스트 중 혹시 해결할 수 있는 문제가 있으면 옆에 양 대리한테 먼저 컨펌 받으시고 해결하면 됩니다."

남자는 일이 바쁜지 자기 할 말만을 마친 채 금세 자리를 떠났다. 옆에 앉은 양 대리도 일이 바쁜지 앉아 있는 용호에게 신경 쓰지 않았다.

용호는 일단 컴퓨터를 켜고 S몰에 들어가 보았다. 수많은 상품들이 저마다의 자태를 뽐내고 있었다.

신세기 몰과 마트가 통합되었다고는 하지만 탭으로 구분되어 있을 뿐 색다른 특색은 보이지 않았다.

그리고 신세기 몰의 탭을 누르자 이내 버그 창에 버그들이 올라오기 시작했다.

제목 : input(웹 문서에 사용되는 속성) 객체를 찾을 수 없습니다.

제목 : invalid된 css(웹의 디자인을 보완하기 위해 만들어진 스크립트 언어의 일종)태그가 사용되었습니다.

제목 : jquery(자바 스크립트 라이브러리의 일종) ajax의 datatype이 잘못되었습니다.

에러는 다양하고 방대했다. 화면에 표시되는 클라이언트만이 아닌 서버 쪽에서도 에러는 발생하고 있었다.

오류들을 보고 있자니 헛웃음이 나왔다.

'어디든 상황은 비슷하구먼.'

불과 얼마 전 미친 듯이 에러를 해결해 나가던 그때가 생각났다. 그러나 지금은 그때만큼의 의욕이 생기지 않았다.

이미 회사 내에서 충분한 인정을 받고 있었고, 불타고 있던 열정을 회의감이라는 바싹 마른 모래가 덮어버렸다.

하루 종일 멍하니 앉아 있었다. 지끈거리는 머리를 부여잡고 잠시 바람을 쐬러 밖으로 나오자 경비원들과 아침에 보았던 아주머니가 실랑이를 벌이고 있었다.

"다른 쪽으로 가시라고요."

"가긴 어딜 가! 내 아들 어떻게 할 거야, 내 아들!"

"여기서 왜 아들을 찾으세요. 여기는 일하는 곳입니다."

싸늘한 경비원들의 말에도 중년 여성은 굽히지 않았다. 오히려 더 크게 언성을 높였다.

"너희들이 그렇게 만들었잖아! 내 아들, 병원에 누워 있는 내 아들!"

울부짖고 있는 왜소한 체격의 중년 여성을 산만 한 덩치의 경비원들이 둘러싸고 있었다.

고함을 지르며 절규하고 있었지만 주변의 아무도 관심을 가지지 않았다.

억울함.

무관심.

용호도 충분히 경험했던 감정들이었다.

블랙리스트에 등록되었다는 말을 들었을 때.

정규직이 되지 못해 한동안 방황했을 때.

처절하게 뼛속 깊이 새겨진 감정들이 다시금 일어나고 있었다.

누구보다 공감하고 있었다.

이건 아니잖아!

툭!

용호의 머리에서 끈 하나가 떨어져 나갔다.

천천히 실랑이를 벌이고 있는 사람들에게로 다가갔다. 경비원들도 인기척을 느꼈는지 뒤돌아보았다.

용호의 목에 걸린 사원증을 확인한 경비원이 말했다.

"직원이신 거 같은데 들어가서 일하세요."

"저기, 이건 좀 아닌 것 같은데요."

"일 크게 만들고 싶지 않으시면 조용히 들어가시라고요."

경비원이 낮게 깔린 저음으로 으르렁거렸다. 위협적인 태도였지만 어디서 그런 용기가 생겼는지 전혀 두렵지가 않았다.

응원군이 생겼다고 받아들인 건지 중년 여성의 목소리가 더욱 커졌다.

"병원에 누워 있는 우리 아들 어떻게 할 거냐고, 이 자식들아!"

용호가 한 발자국 더 걸어가자 그와 동시에 경비원 한 명이 용호의 가슴을 슬쩍 밀쳤다. 용호의 신체는 평범한 프로그래머에 불과했다.

덩치가 큰 만큼 살짝 밀었음에도 불구하고 용호는 몇 발자국이나 뒤로 밀려났다.

밀면 밀리고, 흔들면 흔들렸다. 중심은 있었으나 무게가 없었다. 너무나 쉽게 남들의 손에 움직여지고 있었다.

이것이 현실.

맞는 말이다.

아무런 영향력도, 힘도 없었다. 용호는 일개 사원이자 개발자일 뿐이었다.

용호는 뒤로 몇 발자국 물러났지만 다시금 한 발자국 내디뎠다. 무기력으로 둘러싸여 있던 막이 부서지고 있었다.

용호가 또다시 가까이 다가오자 경비원은 더 세게 용호를 밀쳤다.

털썩.

뒤로 물러나는 것 정도가 아니라 아예 바닥에 엉덩방아를 찧고 말았다. 앉은 자세에서 보니 지금의 상황이 더욱 자세하게 눈에 들어왔다.

힘겹게 투쟁하고 있는 중년 여성. 그녀를 둘러싸고 있는 거대한 벽.

순간, 용호는 머릿속이 하얗게 태워질 정도로 분노했다. 졸업하고 지금까지 겪어온 말단 사원의 설움과 자신의 무기력함이 핍박받는 중년 여성을 보자 일시에 폭발한 것이다. 그러나 신기하게도 귀신에 쓰인 듯, 머리는 차갑게 유지됐다.

"무슨 말인지 잘 알았습니다."

용호는 툭툭 엉덩이를 털고 자리에서 일어났다. 뒤돌아서 가는 용호의 눈에서 살기처럼 느껴지는 분노의 빛이 일렁였다.

분노에 몸을 맡긴 용호의 정신에 활력이 돌기 시작했다. 그렇게 생성된 에너지를 불태우며 일에 집중했다.

주변에서 보면 미친놈 소리 듣기 딱 좋을 모습이었다.

용호의 책상 한쪽에는 샌드위치와 탄산음료가 잔뜩 쌓여 있었다. 그리고 계속 쌓여만 가고 있었다. 자리에서 일어나지도 않은 채 일을 하고 있다는 증거였다.

그렇게 미친 듯이 S몰에 나타나고 있는 버그를 해결해 나갔다.

*   *   *

"어이, 용호 씨. 쉬엄쉬엄해."

"……."

주변 동료들이 오고 가며 한마디씩 던졌다. 수군거리던 분위기는 사라져 있었다.

누구보다 일찍 출근하고 누구보다 늦게 퇴근했다.

그리고 사무실 내의 그 누구보다 많은 버그를 해결하고 있었다. 자연스레 S몰 통합 프로젝트에서 용호가 차지하는 비중은 커질 수밖에 없었다.

"안색이 영 안 좋은데 쉬어야 하는 거 아냐?"

"아직은 괜찮습니다. 수정할 게 남아서요."

용호가 대수롭지 않다는 듯 답했다. 버그 창을 볼 수 있는 능력이 있는 용호에게 버그 해결은 아주 간단한 문제지만 일반 프로그래머들에게는 그리 간단한 일이 아니었다.

디버깅.

그것도 다른 사람이 짜놓은 프로그램을 디버깅하는 과정은 그리 녹록하지 않은 과정이었다. 그러나 용호는 너무나 손쉽게 문제를 해결해 나갔다. 시간이 지날수록 불이 날 것 같은 고객들의 컴플레인도 줄어갔다.

그리고 S몰 사이트의 전체적인 구조도 바뀌고 있었다.

기본적인 구조는 MVC(모델―뷰―컨트롤러 : 아키텍처의 한 패턴)모델을 유지했다.

그러나 그 안에서 각각 클래스들 사이의 디펜던시(의존성)는 더욱 깊어졌다.

프로그램 개발 시 피해야 할 방법이었다.

각각이 독립적이 아니라 의존적이 된다면 하나를 수정할 때 파급력이 높아지기 때문이었다. 용호가 수정하는 프로그램의 양이 많아질수록 다른 사람들이 쉽게 손댈 수 있는 부분은 줄어들어 갔다.

"용호 씨, 이것도 좀 봐줘."

"알겠습니다."

용호가 적극적으로 나서며 답했다. 이러한 태도는 사람들로 하여금 용호를 믿게 만들었다. 적극적인 태도와 문제가 발생하면 즉각적으로 해결해 내는 능력을 보이는 사람을 어찌 믿지 않을 수 있을까.

더구나 항상 사무실 자리를 지키고 앉아 있는 노력까지 보이고 있었다.

덕분에 다른 사람들의 일이 편해지고 야근 시간도 줄어들었다. 그럴수록 용호에 대한 의존성은 높아만 갔다.

"먼저, 퇴근할 테니까. 용호 씨도 오늘은 일찍 가."

마치 선심을 쓰듯 과장이 옷을 챙겨 입으며 말했다.

"네."

용호는 태연한 얼굴로 대답했다. 그러나 속으로는 다른 생각을 하고 있었다.

'더 이상 휘둘릴 수 없다.'

지금껏 용호는 상황이 발생하면 그 상황에서 최선의 해결책을 찾기 위해 노력했다.

상황 자체를 만들 생각조차 하지 못했다.

그러나 이제는 달라질 것이다.

'이제는 내가 상황을 만들겠어.'

용호는 무섭게 키보드를 두드려 나갔다.

*　　　*　　　*

디펜던시, 다른 말로 의존성.

밥을 먹을 때 우리는 아무 숟가락이나 사용해서 먹을 수 있다. 그것이 디펜던시가 없다고 말한다.

그러나 나만 사용할 수 있도록 숟가락을 만든다면, 그것은 디펜던시가 있는 것이다.

그런데 숟가락만이 아닌 밥그릇, 밥상, 젓가락이 모두 나를 위해서만 만들어진다면 의존성이 더욱 높아진다. 자연히 비용도 올라가는 것이다.

프로그래밍도 이와 비슷하다. A라는 기능을 구현하기 위해 B, C, D를 조합하여 구현하는 것이 아닌, A라는 기능에 종속되게 만들면 디펜던시가 높아진다.

프로그래밍을 할 때 지양해야 하는 것이다.

용호가 신세기에 입사한 후 손석호와 지옥의 코드 리뷰를 진행하며 가장 역점을 두고 공부했던 사안이었다.

그러나 지금은 완전히 반대로 코딩을 하고 있었다.

'주문을 하는 객체에 사용자 객체를 생성하고 사용자 객체에 주문을 하는 객체를 생성해서 서로 참조하게 만들고… 다시 사용자 객체에 배송 객체를 만들면……'

용호는 배웠던 것과는 완전히 반대 방향으로 코딩을 하고 있었다. 오로지 자신만이 수정할 수 있도록 프로그램의 복잡도를 높이고 있었다.

시간이 지날수록 S몰 사이트의 버그는 눈에 띄게 줄어들어갔다. 대신 프로그램의 복잡도는 배로 올라가고 있었다.

고객 불만 접수 건수가 50%가량 줄어들었다. 대신 신세기 몰과 신세기 마트 통합으로 출범한 S몰 사이트 내의 용호에 대한 의존도가 50%가량 증가하였다.

매일 계속되는 야근에 용호의 건강 상태도 최악을 달리고 있었다. 좀비처럼 보이는 모습으로도 처음과 비슷한 텐션을 유지하며 키보드를 두드리고 있는 모습에 지켜보는 사람들이 놀랄 정도였다.

"괜찮아요? 안색이 영 안 좋아 보이는데."

처음 용호를 안내해 주었던 과장이 다가와 걱정스러운 목소리로 물었다. 이미 몇 번 이런 상태를 경험했던 용호는 크게 개의치 않았지만 주변에서는 심각하게 인식했다.

이미 한 번 큰일을 치른 상태였기에 더욱 직원들의 건강 상태에 민감한 상황이었다.

간간이 들리는 용호의 기침 소리는 S몰을 담당하고 있는 관리자들을 긴장하게 만들기 충분했다.

"오늘은 반차 내고 일찍 들어가서 쉬세요. 그 정도 했으면 충분합니다."

과장은 어서 자리에서 일어나라며 어깨를 두드렸다. 용호도 이제 잠을 자야겠다는 생각이 가득했다. 그리고 이 정도면 충분할 것이라는 짐작도 있었다.

"알겠습니다."

점심을 먹고 용호는 집으로 돌아갔다. 용호만이 집으로 돌아갔다.

＊　　　＊　　　＊

띠리리리.

딸깍.

"네. 신세기 몰 고객 센터입니다."

"주문 결제하신 상품이 확인이 안 되신다고요? 네, 지금 바로 확인해 보겠습니다.

소비자들의 불만 사항을 접수하고 있는 고객 센터 전화가 다시 폭주하고 있었다. 접수되는 불만의 유형도 다양했다.

심각한 점은 그 추이가 가파르게 상승하고 있다는 점이었다.

"네, 고객님. 포인트 적립이 안 되셨다고요?"

"네, 고객님……."

마이크 달린 헤드폰을 쓴 직원들이 응대를 하고 있었지만 모든 불만을 처리하기에는 역부족이었다.

상황을 지켜보기 위해 나와 있던 센터장은 혼란스러운 고객 센터의 모습에 아연실색했다.

"아침부터 이게 무슨 일입니까?"

"아침부터 갑자기 S몰에 문제가 있는지 계속 불만 사항이 접수되고 있습니다."

센터장이 눈을 돌려 센터 가운데에 붙어 있는 전광판을 바라보았다. 전광판에는 소비자들의 문의 전화 대기 건수가 실시간으로 업데이트되고 있었다.

40.

70.

100.

처리를 한다고 하고 있었지만 처리되는 건수보다 걸려오는 불만이 더 많았기에 대기 건수는 올라갈지언정 줄어들 기미가 보이지 않았다.

센터장이 화를 억누르며 물었다.

"개발팀에서는 뭐라고 하는데?"

"문제를 지금 해결하고 있다고……."

"지금 당장 개발팀장한테 전화 연결해."

아침부터 한차례 폭풍우가 몰아치고 있었다.

전화를 받고 있는 남자가 연신 고개를 숙이며 죄송하다는 말을 남발했다. 그 앞에 조금 더 젊은 남자가 안절부절못하며 대기하고 있었다.

전화가 끝나면 자신에게 몰려올 폭풍우를 예감했는지 얼굴에는 잔뜩 먹구름이 끼어 있었다.

"네, 네. 죄송합니다."

"알겠습니다."

"시정하겠습니다."

남자가 전화를 받고 있는 사이 용호에게 반찬를 주었던 과장이 계속해서 어디론가 전화를 걸고 있었다.

띠리리리. 띠리리리.

그러나 끝내 전화를 받지 않는지 식은땀을 흘리며 전화를 내려놓았다. 과장 앞에 서 있던 남자도 통화가 끝났는지 전화기를 내려놓으며 물었다.

"전화 안 받아?"

"자, 자는 모양인지……."

"휴우… 이용호 없으면 일이 안 되냐! 그리고 누구 마음대로 휴가 주라 그랬어!"

남자는 크게 한 번 한숨을 내쉬고는 벼락같이 소리 질렀다.

잔뜩 화가 난 음성에 사무실 내 몇몇 사람들이 움찔거렸다. 혹시나 자신에게 불똥이 튈까 염려하는 듯 보였다.

고래고래 소리를 지르고 있는 남자의 책상에 명패가 올려져 있었다. 직함은 부장. S몰의 최종 책임자였다.

"죄, 죄송합니다."

이번에는 과장의 입에서 죄송하다는 말이 반사적으로 튀어나왔다. 반차를 썼던 용호는 병원에서 쉬라고 했다는 진단을 핑계로 하루 더 연차를 냈다.

용호가 없는 아침부터 폭죽이 터지듯 이곳저곳에서 일이 터지고 있었다.

"죄송하면 다야? 당장 이용호 불러서 문제 해결하든지 아니면 너희들이 해결하든지 둘 중 하나를 하란 말이야!"

쩌렁쩌렁 울리는 소리에 사무실의 분위기가 단숨에 타이트하게 조여졌다. 하나같이 긴장했는지 직원들의 어깨는 굳어졌고 의미 없는 키보드 소리가 울려 퍼졌다.

"지, 지금 바로 해결하겠습니다."

용호에게 휴가를 주었던 과장이 고개를 숙이고 자리로 돌아갔다. 그러고는 모니터를 보고 있었지만 죽을상은 펴질 줄을 몰랐다.

고객 센터장이 올라가기만 하는 전광판을 보며 고함을 내질렀다.

"개발팀에 계속 푸시하란 말이야!"

"아, 알겠습니다."

"지금 S몰 민원 때문에 다른 채널 커버 못 치면 당신이 책임질 거야?"

"죄, 죄송합니다."

고개를 숙인 남자를 보며 센터장이 한숨을 내쉬었다. 센터장도 알고 있었다. 지금 눈앞에 고개를 숙이고 있는 남자에게 아무리 막말을 해도 문제는 해결되지 않을 것이다.

그러나 당장의 화를 해결해야 했다.

어느새 대기 건수는 500건을 넘고 있었다.

사태가 더욱 악화되어 언론사에 흘러가기라도 한다면 정년을 채우지도 못하고 퇴임해야 할지도 몰랐다. 그렇지 않아도 신세기에 대한 여론이 좋지 않았다.

임원의 자리는 한정되어 있고, 진급을 노리고 있는 사람은 수두룩했다.

"당장 S몰 개발팀에 전화해서 한 시간 내로 문제 해결 못 하면 고객 센터에서는 더 이상 못 받아준다고 그래."

센터장이 최후통첩을 지시했다.

S몰 개발팀의 요청으로 고객 센터에서 S몰을 담당하는 인원을 배로 늘린 상태였다. 그럼에도 현재 게시판과 전화로 밀려오는 불만 사항을 제대로 해결하지 못하고 있었다.

S몰을 닫아야 할지도 모를 상황이 오고 있었다.

악순환.

문제가 발생해 고객 센터로 불만이 접수된다.

고객 센터에서는 다시 개발팀으로 문제 해결을 요청한다.

요청받은 개발자가 문제 해결을 위해 소스를 수정한다.

그리고 사이드 이펙트(실행 중에 어떤 객체를 접근해서 변화가 일어나는 행위)가 발생한다.

이를테면 x=y+3이라는 식이 있다. y값이 1이면 x값은 4가 된다. y값이 2라면 x값은 5가 된다. 두 개의 사이드 이펙트가 있는 것이다.

다른 개발자가 y를 수정하면 그와 연관되어 x도 수정이 필요하다. 그런데 이 x라는 것을 찾아내기 상당히 어렵다.

의존성이 높다는 것은 그렇게 수정해야 할 x값들이 많다는 걸 뜻한다.

곧 연쇄적인 에러가 발생할 확률이 높아진다는 말이다.

악순환.

소스를 건들수록 에러는 늘어나고 다시 소스를 수정하면 더 많은 에러가 발생하고 있었다.

사무실 내의 개발자들이 어떻게든 수정하려 노력하고 있었지만 결코 쉬운 일이 아니었다.

"이, 이용호 씨가 있어야 할 것 같습니다."

개발자들이 이구동성으로 외치고 있었다. 시간이 주어진다면 어떻게든 문제를 해결할 수 있었다.

그러나 시간이 부족했다. 용호가 해놓은 코딩은 철저하게 가독성을 무시하고 있었다. 더구나 소스 곳곳에는 하드코딩(확장성이나 유연성이 없는 코딩)이라는 지뢰가 도사리고 있었다.

사무실 내 개발자들이 노력하고 있었지만 지뢰는 터지기만 할 뿐, 제거될 기미가 보이지 않았다.

부재중 15통.

부족한 잠을 보충하고 점심시간쯤 일어난 용호의 핸드폰 메인 화면에 나타나 있는 숫자였다.

'많이 급한가 보네.'

피식 웃으며 잠시 핸드폰을 보고 있을 때 또다시 전화가 울리고 있었다. 그러나 아직 받을 때가 아니었다.

'조금 미안하긴 하지만… 어차피 다들 자기 생각만 했으니……'

옷을 입은 용호는 택시를 잡아타고 병원으로 향했다.

"그 새끼는 뭐 하는데 전화를 안 받아!"

"……."

"집으로는 해봤어?"

"해, 해봤는데 없는 번호라고 나옵니다."

용호에게 휴가를 준 과장이 우물쭈물 대답했다. 새집으로 이사를 하고 아직 연락처가 업데이트되지 않았다. 회사에 존재하는 용호 집 전화는 예전 개포동에 살 때의 번호였다.

"그래서? 그래서 어쩔 건데?"

"해, 해결하겠습니다."

"그게 벌써 몇 시간째야! 이러다가 사이트 문 닫으면?"

부장의 목소리가 잦아들었다. 태풍의 눈처럼 고요해진 것이다. 언제 폭발할지 몰랐기에 과장은 오히려 한층 더 조심스러워졌다.

"다, 다른 쪽으로 한번 연락을 해보겠습니다."

그리고 연락한 곳은 스마트 쇼핑 전략 기획팀.

받은 사람은 정단비였다.

"손 수석님. 혹시 용호 씨랑 연락되세요?"

"근래에는 연락한 적이 없는데… 지금 가산 쪽에 있는 거 아닙니까?"

"가산 쪽에서도 연락이 안 된다고 저희 쪽으로 연락이 와서요."

정단비의 말에도 손석호는 느긋해 보였다. 전혀 대수롭지 않게 여기고 있었다. 그러나 정단비는 아니었다.

"S몰 주문, 배송 쪽에 지금 심각한 문제가 있는데 용호 씨가 꼭 필요한가 봐요."

"역시, 우리 용호는 어딜 가든 인정을 받는군요."

손석호의 목소리에는 자랑스러움이 뚝뚝 묻어 나왔다. 그럴수록 정단비의 얼굴은 굳어졌다.

"수석님, 지금 장난칠 때가 아니에요. 회사 이미지에 치명적인 영향을 끼칠 수도 있단 말입니다."

정단비의 딱딱한 말에 손석호도 차갑게 응수했다.

"저도 어디 있는지 모릅니다."

"…휴우."

정단비의 한숨이 깊어졌다.

*　　　*　　　*

"용호 씨? 지금 어딥니까? 왜 이렇게 전화를 안 받습니까!"

용호가 전화를 받자마자 과장은 속사포처럼 말을 쏟아냈다. 그러나 용호는 느긋했다. 전혀 아쉬울 것이 없는 목소리였다.

"지금 몸이 안 좋아서 병원에 와 있습니다. 수성 병원이라고 아시죠?"

"……."

순간, 침묵이 찾아왔다.

수성 병원.

현재 유재만이 입원해 있는 병원이었다. 유재만이 쓰러질 때 한창 하고 있었던 일이 S몰 통합 작업이었다.

하나의 프로젝트가 완성되기 위해서는 다양한 엔지니어들이 투입된다. DB, 인프라, 소프트웨어, 튜닝 전문가 등등.

그중에 유재만은 서버 관리자로 일을 함께 하던 중 잠시 짬을 내 용호 팀을 도와주었던 것이다.

한 명의 사람, 여러 개의 일.

이번 일이라는 것은 결코 마무리되지 않는다. 침묵 속에서 용호의 여유로운 목소리가 전화기를 통해 들려왔다.

"병원에서 링거 맞고 있는데… 무슨 일 있나요?"

천연덕스러운 용호의 말에 과장은 다시금 급박한 현재 상황이 떠올랐는지 언성을 높였다.

"회사에 무슨 일이 있는지 알고 있는 겁니까? 지금 급하니까 바로 회사로 와주세요. 휴가는 이번 일만 마무리되면 보내 줄 테니까."

이번 일만 마무리되면.

그러나 용호에게는 통하지 않았다. 바로 회사로 돌아갈 거 면 병원에 입원하지도 않았다.

"지금요? 지금 몸이 너무 안 좋아서 그렇게는 못 할 거 같 은데… 저도 유재만 씨처럼 되면 어떻게 합니까."

"…요, 용호 씨. 회사 사정이 정말 급하다니까, 사정 좀 봐줘 요."

과장은 이제 용호에게 통사정을 하고 있었다. 그러나 통하 지 않았다.

"미안하지만 저도 살아야 하니 제 입장을 이해해 주시면 안 되겠습니까?"

"……"

미안하다, 우리도 살아야 하니 입장을 이해해 달라.

과장이 수성 병원에 입원한 유재만과의 면회에서 했던 말.

그 말이 용호의 입을 통해 다시 재현되었다. 용호의 눈이 새파랗게 빛나고 있었다.

＊　　　＊　　　＊

—신세기 S몰 원성 자자

—S몰 고객 불만 폭주, 무대응으로 일관

—대기업 서비스의 현주소

소비자 권익을 우선시하는 한 인터넷 매체에 올라온 뉴스가 SNS들을 통해 급속하게 퍼져 나갔다.

피해를 보고 있던 소비자 몇 명이 뉴스를 링크시키며 인터넷 게시판에 글을 올렸고, 댓글에 대댓글까지 달리며 불을 지폈다.

대부분의 문제는 프로그램 상의 오류.

가산에 위치한 S몰 개발팀은 밤낮으로 노력했지만 진화되지 않는 불길에 아예 버그 소방 작전을 포기해 버리기 일보직전이었다.

"죄, 죄송합니다. 바로 수정하겠습니다."

과장을 혼내던 부장이 고개를 숙이고 있었다. 부장 그 위의 임원이 몸소 행차한 것이다.

그러나 그 사람도 곧 고개를 숙일 수밖에 없었다. 그 위, 더 위의 사람에 의한 호출은 계속되었고, 결국 정진용 회장이 직접 회의를 소집했다.

"문제가 뭔가?"

정진용 회장이 짧지만 강하게 물어보았다.

"S몰 사이트 자체가 미완성된 상태에서 오픈하였고, 오픈한 상태에서 프로그램 수정을 계속하다 보니 일정에 밀려 더 많은 오류들이 발생한 것 같습니다."

임원 중 한 명이 나서서 정진용의 질문에 답했다. 그러나 임원의 답변은 정진용의 궁금증을 더 키울 뿐이었다.

"내가 보고받기로는 해결이 다 됐다고 들었는데?"

정진용이 이해가 되지 않는다는 듯 다시 물었다. 좌우로 빼곡하게 자리 잡은 임원들은 아무 말도 하지 못했다.

용호가 투입되기 전 발생했던 버그는 용호가 투입된 후 대부분 해결되었다. 그것이 정진용이 알고 있는 가장 최근의 이야기였다.

용호가 휴가를 내고 병원에 간 사이, 버그는 다시 봇물 터진 듯 터져 나왔다. 용호가 땜질식으로 막아둔 둑이 무너져 내린 것이다.

사이드 이펙트가 끝없이 버그를 양산해 내는 중이었다.

아무런 대답이 없자 정진용이 말을 이었다.

"그래서 해결책은?"

묵직한 음성이 회의실 안을 휘감았다. 고요하다. 많은 사람들이 회의실에 앉아 있는데 이렇게 조용할 수 있다는 것이 신기할 따름이었다.

사안이 중대한 만큼 실무자들까지 모두 참석한 상황.

정진용이 S몰 개발팀을 담당하고 있는 부장을 바라보았다.

"그, 그게 이용호라는 개발자가 있는데… 그 친구가 투입되면 빠른 시간 내에 회복될 것 같습니다."

과장 앞에서는 그렇게 당당하던 부장이, 회장 앞에서는 꼼짝을 못했다. 말은 더듬거렸고 이마에서는 연신 식은땀이 흘러내렸다.

"이용호, 이용호. 요즘 그 친구 이야기가 많이 들리는군. 그럼 어서 해결하지 않고 뭐 하고 있는 건가?"

질책 어린 말에 부장이 힘겹게 답했다.

"그, 그 친구가 현재 과로로 병원에 입원을 하고 있어서……"

"뭐, 병원?"

정진용이 이해가 되지 않는다는 듯 부장을 바라보았다. 부장은 사실대로 말한 죄밖에 없었다. 바로 그 죄로 회장 이하 임원들의 따가운 눈초리를 받아내야 했다.

6인실 병동에 누워 용호는 생각에 잠겨 있었다.

'놀고먹으니 좋구나.'

얼굴에는 편안함이 가득했다.

회사, 집, 다시 회사, 집 생활을 반복했다. 통장에 돈이 쌓여 갔지만 쓸 시간이 없었다. 이렇게 푹 쉬는 것도 나쁘지 않았다.

'지금쯤 난리가 났겠지.'

용호가 탁자 위에 올려둔 핸드폰을 바라보았다.

몸이 아프다는 핑계로 전화를 끊었다. 그러나 전화를 끊고 나서도 미친 듯이 전화기는 울려댔다.

짐작은 하고 있었지만, 이렇게 빨리 연락이 올 줄은 몰랐다. 병원에 오길 잘한 이유는 한 가지 더 있었다.

'내가 번 아웃 증후군이었다니.'

용호는 이왕 병원에 온 거, 건강 검진도 함께 받았다. 검사 결과 전반적으로 몸 상태가 좋지 않았다.

근래 겪었던 무기력증도 명확한 병명이 존재했다.

번 아웃 증후군.

그러나 지금은 원활하게 회복되고 있었다.

'슬슬 올 때가 됐을 텐데……'

생각을 마치기 무섭게 병실로 두 사람이 들어서고 있었다.

손석호와 정단비였다.

손석호가 용호를 지긋이 쳐다보고 있었다. 흐리멍덩했던 눈 빛이 변해 있었다. 그간에 변화가 있었음을 짐작할 수 있었 다.

"몸은 어때요?"

"누워 있으니 살 만합니다."

"내가 단팥빵 싸왔으니 먹고 힘내도록 해요."

손석호가 탁자에 단팥빵 한 박스를 올려놓았다. 그 모습에 기가 질렸는지 정단비가 고개를 저었다.

"병원에서는 뭐라고 합니까? 얼마나 입원해 있어야 한다고 하나요?"

"제가 번 아웃 상태였다고 하더라고요. 그래서 오래 쉴수록 좋다고… 회사에 무슨 일이 있나보죠?"

용호는 모른 척 대답했다. 그런 모습이 얄미웠는지 정단비의 말투가 새침해졌다.

"그간 무슨 일을 어떻게 했는지 S몰 개발팀에서 용호 씨가 꼭 필요하답니다."

"제가요? 저 같은 일개 사원이 무슨 능력이 있다고… 의사 선생님이 저한테 꼭 휴식이 필요하다고 하셨는데……."

정단비의 말에 용호가 능글맞게 대꾸했다. 정단비도 그러한 용호의 변화를 알아차렸는지 헛웃음을 터트렸다.

"가산에 보내놨더니 구렁이가 돼서 돌아왔네요."

"쩝, 이래저래 많은 일이 있었습니다."

용호가 입맛을 다시며 대꾸했다. 장난은 그만하면 됐다 싶었는지 정단비가 의자를 끌어와 용호의 옆에 앉았다. 그리고 팔짱을 낀 채 물었다.

"상태를 보니 일은 할 수 있을 것 같은데, 어떻게 하면 병원에서 일어날래요?"

"하하, 회사원이 일어나라면 일어나는 거지 무슨 조건 같은 게 있겠어요. 저는 그저 의사 선생님이 무리하면 큰일이 난다고 하니까……."

늘어지는 용호의 말을 정단비가 중간에서 끊었다. 이내 용호가 원하던 이야기가 정단비에게서 흘러나왔다.

"오기 전에 다 들었어요. 유재만 씨를 언급했다고 하던데, 맞아요?"

"제가 그랬나요? 그랬던 거 같기도 하고."

의뭉스럽게 답하는 용호를 보며 정단비는 내심 놀라고 있었다. 사람이 변해도 이렇게 순식간에 변할 수 있다는 것이 신기할 따름이었다.

그러나 그건 정단비의 착각이었다. 한여름 덥다는 이유로 동아리방에서 팬티만 입고 잘 정도로 남의 눈치를 보지 않는 용호였다. 지금까지의 모습은 스스로를 이등병이라 생각했기 때문이었다. 단지 이제부터 아닐 뿐이다.

"왜 그렇게 그에게 신경 쓰죠? 어차피 남 아닌가요?"

정단비의 얼굴에 물음표가 떠 있었다. 그건 손석호도 마찬가지였다. 지금까지 용호의 행동과 지금 일어난 변화 사이에 접점을 찾기가 힘들었다.

정단비와 손석호가 생각하는 용호는 그저 열심히 프로그래밍을 하는 직원이었다. 남들보다 뛰어난 능력을 가지고 있다는 차이가 있을 뿐, 이렇게까지 이타적인 사람이라 생각한 적은 없었다.

정단비의 질문에 용호가 아련한 표정으로 천천히 말했다.

"남이라… 남 맞습니다. 남이죠. 그런데 제가 오히려 되묻고 싶네요. 팀장님은 남이 죽든 말든 아무런 상관도, 신경도 안

쓰시나요? 바로 눈앞에서 사람이 쓰러져도 그냥 모른 척하시는 분인가요? 저는 그렇게까지는 못 하겠더라고요. 바로 앞에서 사람이 쓰러지는 모습을 보니… 쾅! 머리에서 번개가 번쩍이더라고요."

허무와 공허만이 가득했던 용호의 눈빛이 반짝이고 있었다. 이어나가는 말에도 힘이 실려 있었다.

정단비는 순간 말문이 막혔는지 그저 조용히 앉아 있었다.

"제가 법은 잘 모르는데 프로그래밍은 꽤 하는 편에 속하는 거예요. 눈앞에서 사람이 쓰러졌고, 저는 프로그래밍을 어느 정도 하고 있다. 그래서 생각했죠. '아, 이런 개 같은 꼴 이제 그만 보고 싶다', '더 이상은 못 봐주겠다.'"

용호의 입에서 터져 나온 거친 비속어가 정단비를 더욱 당황시켰다. 지금껏 함께 일하면서 한 번도 들어본 적이 없었다.

용호가 생각하는 회사의 말년 병장은 최소 과장급이다. 과장급은 되어야 마음이 내키는 대로 행동할 수 있을 것이라 여겼다.

그러나 이제는 아니었다.

지금부터는 아니었다.

짝짝짝.

손석호가 박수를 치고 있었다.

"드디어 자신감까지 갖췄네요. 지금까지 본 모습 중에 가장 마음에 듭니다."

정단비만이 혼란스러워하고 있었다. 지금의 상황을 어떻게 받아들여야 할지 어리둥절할 뿐이었다.

그렇게 질질 끌던 유재만의 보상이 용호가 병실에서 일어나 자마자 신속하게 진행되었다.

유재만에게 줘야 할 보상보다 현재 S몰에서 일어나고 있는 손실이 비교도 되지 않을 만큼 컸다.

결과가 중요한 신세기였기에 일은 빠르게 처리되었다.

S몰에 투입된 용호는 다시금 야근을 시작했다. 그리고 하루 도 채 되지 않아 버그를 수정해 내는 기염을 토해냈다.

고객 센터에 걸려오는 불만 사항도 20% 이하로 줄어들었 다.

그리고 파견에서 복귀하는 날.

용호는 끔찍한 광경을 보아야만 했다.

"선… 배… 님."

나대방이 잔뜩 한이 서린 목소리로 용호를 불렀다. 빵빵했 던 근육은 바싹 말라 있었고, 책상에 쌓여 있는 패스트푸드 의 잔여물들이 마치 탑을 쌓을 듯 거대하게 솟아 있었다.

"아, 대, 대방 씨."

"이… 제… 어디 가시면 안 됩니다……."

나대방의 말에 용호는 고개를 끄덕일 수밖에 없었다. 그렇지 않았다간 어떤 사달이 일어날지 예측할 수 없었다. 새빨갛게 충혈된 눈, 흐느적거리는 몸놀림이 마치 좀비를 연상케 했다.

그리고 그 좀비가 원하는 대답을 하지 않으면 너를 잡아먹겠다 말하고 있었다.

*   *   *

용호가 투입됨으로써 S몰 사태가 마무리되자, 다시 한 번 정진용 회장의 머릿속에 용호의 이름이 단단히 각인되었다.

벌써 두 번째.

일개 사원이 그룹 회장에게 이름을 알린다는 건 예삿일이 아니었다.

그 때문일까? 정진용 회장 앞에 정진훈이 정 자세로 앉아 있었다.

"이용호 씨가 아주 대단한 프로그래머인가 봅니다."

"그런 것 같습니다."

"그런데… 신세기는 말입니다. 시스템에 의해 돌아가는 회사지, 사람에 의해 돌아가는 회사가 아닙니다."

"명심하고 있습니다."

정진훈이 고개를 숙이며 답했다. 그러나 정진용은 그를 보고 있지 않았다. 그는 창밖으로 떨어지고 있는 태양을 보고 있었다.

"그러면 이것도 한 가지 더 명심하세요. 태양도 저렇게 질 수 있습니다."

붉은 노을이 창을 통해 정진용 회장의 집무실을 비추고 있었다. 누군가에게는 아름다운 붉은빛이 어떤 사람에게는 섬뜩한 핏빛으로 느껴지는 저녁이었다.

*　　　*　　　*

용호는 이번 일을 계기로 삶을 대하는 태도가 바뀌었다. 지금껏 수동적으로 살았다면 이제는 능동적으로 바뀌었다.

살아지는 삶이 아닌 살아내는 삶.

능동적으로 살기 위해 용호가 한 첫 번째 일은 '초심' 찾기였다. 처음 업계에 발을 디뎠을 때 다짐했던 목표를 달성하는 것이다.

세계 최고의 프로그래머가 되겠다.

목표는 명확했지만 그렇게 되는 과정이 흐릿했다. 더구나 세계 최고의 프로그래머라는 것은 명확한 기준이 존재하지 않았다. 누구에게 붙이는 이름인가, 누가 붙여주는 이름인가 등… 여러 의문점이 남았다.

'나름대로의 기준을 정해보자. 일단… 스택 오버 플라이 일

등을 넣고……'

용호는 가지고 다니는 수첩 한편에 목표를 더 구체적으로
적어나갔다.

'알고리즘 스터디에서 준비하는 탑 코드에서도 일등을 해야
겠지.'

탑 코드 일등.

코더 잼 일등.

스택 오버 플라이 일등.

전 세계에서 가장 많이 사용하는 오픈 소스 커미터.

전 세계에서 가장 많이 사용하는 프로그래밍 언어 개발.

용호는 평소 생각하고 있던 바를 하나씩 적어 나갔다. 비록
현실로 이루어질 수 있을지 알 수 없지만, 이렇게 하나씩 적
는 것만으로도 가슴이 두근거렸다. 목표를 적고 있는 손이 떨
려왔다.

'내가 이런 목표를 설정할 수 있게 되다니……'

분노에 가득 차 근로 계약서를 작성했던 게 겨우 1년 전이
었다. 그때만 해도 이런 목표는 생각조차 할 수 없었다. 조바
심에 취업이라는 것만 보고 살았었다.

그러나 이제는 아니었다.

스스로의 능력에 확신이 생기고 있었다.

마음만 먹으면 못할 것도 없을 것이라 여겼다.

능동적으로 살기로 마음먹자 내면 깊숙한 곳에서부터 자신

감이 끌어 올랐다. 지금껏 헛되이 살지 않았음을 그 누구보다 스스로가 잘 알고 있었다.

그것이 자신감의 가장 큰 원천이었다.

'이제 목표를 적었으니 달성 방법에 대해서……'

떨리는 마음에 용호는 한동안 잠을 이루지 못했다.

Chapter 4
달성된 천억

용호가 정한 목표 중 하나를 이미 달성한 사람이 있었다. 비록 전 세계에서 가장 많이 사용하는 오픈 소스는 아닐지라도 커미터라는 위치에 오른 남자.

손석호.

용호는 출근을 하자마자 손석호에게 물어보았다.

"수석님, 오픈 소스 커미터는 어떻게 하면 될 수 있습니까?"

목표를 정한 것이 어젯밤, 아직 그때의 흥분이 남아 있는지 아침부터 손석호의 자리로 가 고개를 들이밀며 저돌적으로 질문했다. 손석호가 용호의 행동이 부담스러운지 손을 들어 가까이 다가오지 말라는 시늉을 했다.

"갑자기 무슨 커미터입니까?"

"수석님이 그러셨잖아요. 능력이 있으면 휘둘리지 않을 수 있다고, 커미터 정도 되면 능력 있는 거 아닌가요?"

"NetFlax Prize 우승자도 충분히 능력 있어요."

손석호가 엄살을 떨었다. 그러나 용호는 진지했다. 이번에는 버그 창의 도움 없이 해내고 싶었다. 온전한 자신의 실력을 향상시키고 싶었다.

용호는 두 눈에 힘을 팍 준 채 자리를 떠나지 않고 서 있었다.

결국 알았다는 듯 손석호가 용호를 데리고 자리를 떠났다. 이야기가 길어졌는지 1시간이 지나도록 사무실로 돌아오지 않았다.

*   *   *

같은 시각 신세기 디자인팀.

자리에 앉아 있는 디자이너들의 얼굴이 핼쑥했다. 그간의 고생이 짐작되는 모습이었다.

"S몰 콘셉트에 맞는 앱 디자인, 이렇게 없습니까?"

디자인팀의 팀장 유소현이 팀원들을 보며 물었다. 그러나 누구 하나 쉽게 대답하는 사람이 없었다.

"이래서 S몰 앱, 출시나 할 수 있겠어요?"

계속되는 질책에 자리에 앉아 있던 디자이너 한 명이 슬그머니 손을 들었다.

"이, 이건 어떠세요?"

디자이너가 보고 있는 모니터에 동영상이 플레이되고 있었다. 인드로이드 앱의 뷰가 동작하는 모습이 촬영된 동영상, 터치 부분부터 유리처럼 조금씩 깨어지는 것이 용호가 올렸던 WindowView였다.

엄지를 깨물며 동영상을 지켜보던 유소현이 고심 끝에 말했다.

"괜찮은 것 같은데, 약간 수정할 수도 있나요?"

"그건 한번 알아봐야 할 것 같습니다. 딱히 라이센스 표시가 되어 있지 않아서……."

모니터를 보고 있던 여자가 스크롤을 넘기며 고개를 갸웃거렸다. 해당 프로젝트에 라이센스 표시가 되어 있지 않았다. 개인이 사용하는 것이라면 문제 되지 않을 수도 있지만 상용화 앱에서는 자칫 저작권에 휘말려 일이 복잡해질 수도 있었다.

"어차피 소스 공개해 놓은 거면 우리 개발자들도 만들 수 있는 거 아닌가요?"

"그러면 개발팀에 한번 문의해 보겠습니다."

"그런 식으로 묻지 말고 무조건 이와 똑같은 효과가 가능해야 된다고 푸시해요. 혹시 메일 주소 있으면 개발자한테 메일

보내놓고요."

말을 마친 유소현이 해당 동영상을 몇 번이고 다시 플레이시켜 보고 있었다.

"예쁘기는 하네. 여기서 몇 가지만 더 추가되면 좋을 것 같은데……."

독거미.

유소현의 또 다른 별명이었다.

*　　　*　　　*

용호가 방황하고 있을 때에도 회사는 정상적으로 돌아가고 있었다. 프로젝트 OH도 느리지만 한 걸음씩 발걸음을 옮기는 중이었다. 그러나 모든 일은 혼자서 잘한다고 되는 것이 아니었다.

"디자인팀이랑 협의가 필요하다고요?"

용호는 이게 뭔, 뚱딴지같은 소리인가 싶었다. 사람들의 표정이 심각한 것이 헛소리가 아니라는 것을 금세 알 수 있었다.

신세기 디자인팀.

S몰 사이트와 앱의 성공을 위해 특별히 외부에서 초빙한 전문가가 팀장으로 앉아 있었다. '아름다움'이란 것을 위해서는 외부의 그 무엇과도 타협하지 않는 외골수적인 성향을 가지

고 있는 것으로 유명했다.

디자인이 다른 것을 위해 맞추는 것이 아닌, 다른 것들이 디자인에 맞추어야 했다. 디자인팀장은 S몰에는 프로젝트 OH를 위한 화면이 준비되어 있지 않다고 선을 긋는 중이었다.

"그것 때문에 지금 골치가 아픕니다."

이러다 주름살이 생기지는 않을까 걱정될 정도로 정단비의 얼굴이 찌푸려져 있었다. 손석호는 예의 그 여유 만만한 표정이었다. 나대방은 좀비의 형상을 탈출하지 못하고 있었다. 용호가 보기에도 안타까워 보였다.

"디자인팀 많이 들어봤는데……"

용호가 홀로 조용히 중얼거렸다. 가산으로 S몰 개발팀에 파견 가 있을 당시 종종 들었던 기억이 어렴풋이 떠올랐다.

"그 팀장이 자기가 S몰 디자인 초안 잡을 때 OH에 대한 고려가 되어 있지 않았다고, 만약 해당 화면을 고려하려면 사이트 전체를 새롭게 디자인해야 한다면서 거부하고 있는 상황이에요."

손석호가 자세한 설명을 덧붙였다. 디자인이라는 것에 대해 전혀 문외한이었던 용호는 그저 듣고만 있을 뿐이었다.

그러나 한 가지 생각만은 놓치지 않았다.

'끌려가지 않겠다.'

"그래서 디자인팀을 만나서 OH에 대한 화면 협의가 필요하다는 거죠?"

"네, 손 수석님이랑 나대방 씨는 바쁘니까 개발팀에서는 용호 씨가, 그리고 기획에서 저와 지훈 씨가 가서 설득을 해봐야 할 것 같은데… 어때요?"

정단비가 용호를 지목하며 말했다. 이제 무슨 일이 생기면 가장 먼저 찾는 사람이 된 것이다.

"알겠습니다."

손석호가 이채가 도는 눈으로 용호를 바라보았다. 적극적인 자세, 무기력하던 며칠 전 모습은 찾아볼 수 없었다. 반짝이는 눈빛이 입사 전 면접 볼 때를 연상케 했다.

그러나 그때와는 또 미묘하게 달랐다.

*   *   *

"팀장님이 바쁘셔서… 죄송합니다."

"……"

정단비의 안색이 굳어졌다. 그녀가 누군지 모르는 사람은 회사 내에 없을 것이다. 지금껏 손석호의 거침없는 행동을 받아준 건, 여러 가지 이유가 있겠지만 자신이 데려왔다는 생각이 암묵적으로 깔려 있었다.

그러나 디자인팀장은 아니었다. 회사의 그 어떤 중역도 정단비의 부탁은 거절할 수 있을지언정 만남 자체를 거부한 적은 없었다.

강적이었다.

팀장이 오지 않았다는 이유만으로도 긴장감이 내려앉은 회의실, 함께 온 허지훈도 아무 말 하지 못했다.

"무슨 말씀 하시려는지 대충 알고 있습니다. 저에게 말씀하시면 됩니다."

그 말에 분위기를 살피던 용호가 나섰다.

"그러면 팀장님도 먼저 가보시죠. 제가 이야기 마무리 짓고 가겠습니다."

용호의 직급은 사원, 이렇게 함부로 나설 위치가 아니었다. 디자인팀의 몇몇은 어처구니가 없다는 표정이었다.

그런 시선에 굴하지 않고 용호는 계속 말했다.

"아니, 디자인팀도 팀장님이 안 오셨으니 팀장님께서는 가보셔도 되지 않을까 해서요."

"……."

이번에는 디자인팀 쪽이 조용해졌다. 상황이 묘하게 흘러가자 정단비가 결심했다는 듯 자리에서 일어났다.

"그럼 저도 바빠서 이만, 말씀들 나누세요."

결국 팀장들 없이 이야기가 시작되었다.

"그러니까 최초 디자인 설계와 맞지 않다는 말씀이신가요?"

"네, 이미 몇 번 말씀드린 걸로 기억하는데요."

대꾸를 하고 있는 여자의 언성이 올라갔다. 미간을 잔뜩 찌푸린 것이 같은 말을 반복하는 것에 대한 거부감을 온몸으로 표현하고 있었다.

"기존 설계에 화면 몇 개 추가하는 일이 이렇게 어렵다는 게 잘 이해가 가지 않네요."

계속되는 질문에 여자도 짜증이 났는지 책상을 두 손으로 집으며 자리에서 일어났다.

"UX란 전체가 하나처럼 느껴져야 완성되는 겁니다. 거기에 다른 하나가 끼면 완성된 그림에 물감을 덧칠하는 거라고요. 개발자 분들도 항상 말씀하시잖아요. 더 이상 추가하는 건 곤란하다. 디자인도 똑같은 겁니다. 더 이상 추가는 곤란합니다."

회의에 나와 있는 여자의 반응이 까칠했다. 개발자들과 협업을 많이 해봤는지 프로그래머들을 빗대 거절했다.

가시 돋친 디자이너의 반응에 용호도 난감했다. 호기롭게 나섰지만 쉽지 않았다.

차라리 버그를 해결하는 것이 백배는 더 간단하게 느껴졌다.

*   *   *

뾰족한 음성은 용호가 앉아 있는 회의실에서만 들리는 것이 아니었다. 디자인팀에서도 하이 톤의 고성이 끊이질 않았다.

"개발팀에서는 뭐라고 합니까?"

"기존 변경 사항이 밀려 있어서 새로운 요청에 대해서는 받아줄 수가 없다고……."

보고를 하던 앳된 얼굴의 여성이 기어들어 가는 목소리로 말했다.

"지금 요청한 게 언젠데 아직도 해결을 못 하고, 안 되겠네."

유소현이 팔짱을 끼며 말했다. 팔짱을 끼는 순간 더욱 도드라지는 가슴이 인상적이었다.

"그쪽 팀장님이 이제는 직접 오셔도 안 될 거라고……."

여자의 뒷말은 유소현의 아미를 더욱 찌푸리게 만들었다.

유소현이 추구하는 디자인 콘셉트의 가장 중요한 점은 반응형 디자인이었다. 사용자가 터치나 클릭을 할 만한 모든 요소에 이벤트가 일어나야 했다.

그리고 그 모든 것이 하나하나 유의미하고 유기적으로 연결되어야 한다.

그런 디자인 콘셉트를 맞추려면 개발팀의 적극적인 협조가 필요했다. 해당 요소가 디자인팀이 원하는 대로 반응하도록 구현하는 것은 결국 개발팀의 몫이기 때문이다.

"흥! 어디 누가 이기나 될 때까지 해보죠."

새침하게 말하는 유소현의 눈이 불타오르고 있었다. 정단비 팀장이 와도 신경 쓰지 않을 만큼의 강성, 개발팀의 야근 시간 늘어나는 소리가 들리는 듯했다.

S몰 개발팀, 팀장의 얼굴이 죽상으로 변했다. 화가 지나고 복이 온다 싶었는데 다시금 태풍이 몰아치려 했다.

"뭐? 또 찾아오겠다고?"

"네, 팀장님……."

"지금 이 사달이 난 게 누구 때문인지 알아야지… 어휴."

팀장이 길게 한숨을 내쉬었다. 앞에서 보고를 하는 남자의 얼굴도 과히 편해 보이지 않았다.

S몰에 발생했던 수많은 오류는 디자인팀의 책임도 일정 부분 존재했다. 회사에서 전폭적인 지지를 아끼지 않는다는 디자인팀장, 그리고 회사의 경영 이념 중 하나인 디자인 경영, 디자인이라는 이름하에 개발팀은 그저 디자인의 수족으로 변모했다.

'더 예쁘고 아름답게'라는 모토 아래 계속되는 디자인 변경으로 개발팀은 몇 번이고 S몰의 화면을 수정해야 했다.

"진짜 더 이상 수정 요청 받으시면 안 됩니다… 지금은 얼마 전 있었던 사달을 안정화시키는 것만 해도 벅찹니다."

"누가 그걸 몰라!"

보고하는 남자의 말에 팀장도 답답했는지 소리를 빽 질렀다. 수정 요청의 자릿수가 두 자리를 가뿐히 넘어가 있었다.

버튼의 위치가 3㎜ 벗어났다.

스크롤의 속도가 너무 느리다.

배경 색상이 정해준 코드가 아니다.

표의 위치가 잘못되었다.

등등 자잘자잘한 수정 사항이 많았지만 그 1㎜, 2㎜를 수정하는 것이 1, 2분 만에 뚝딱 되는 것이 아니었다.

해당 버튼을 조금 수정할라 치면, 전체적인 화면 비율이 흐트러져 버렸다. 그리고 무슨 일이든 마지막 2%가 남았을 때가 가장 힘든 법, 디자인팀은 미완성된 2% 아니, 0.1%까지 지적하며 수정 요청을 해왔다.

"하여간 나 찾아오면 자리에 없다 그래."

"그, 그래도, 사장님이 믿고 맡기는 사람인데……."

"너도 야근하다 쓰러지고 싶으면 마음대로 하고."

"아, 알겠습니다."

팀장의 말에 남자는 금세 수그러들었다. 한 명의 개발자가 쓰러진 뒤 전체적인 팀 분위기도 변해 있었다.

내 몸은 내가 챙긴다.

그러나 결코 쉽지 않은 일이었다.

＊　　　　＊　　　　＊

유소현은 약간 허스키한 목소리를 가지고 있었다. 그 허스키함이 상대에게는 매력적으로 다가갔다. 디자이너답게 남들과 다르게 몸에 딱 붙어 있는 원피스는 그녀의 목소리와 함께 더욱 치명적인 매력을 발산했다.

"뭐? 자리에 없어?"

"네. 지금 오셔도 소용없다고……."

"우리가 내려준 디자인 가이드랑 안 맞는 게 몇 개라고?"

"지금까지 198개 정도 됩니다."

"곧 200개가 넘는다는 소리네."

조용히 읊조리는 말에는 분노가 가득 차 있었다. 그러고는 팔짱을 낀 채 생각에 잠겼다.

아무런 합의점도 찾지 못한 채 회의실을 나오던 용호의 눈이 이채를 띠었다.

'팀장님인 것 같은데.'

한눈에 봐도 가장 안쪽 자리, 고개를 숙이고 있는 직원들 가운데 도도하게 치켜뜬 얼굴이 가장 높은 사람임을 알려 주고 있었다.

함께 회의를 하던 여자도 눈을 굴리며 신경 쓰는 것이 혹시나 거짓말을 한 게 들통날까 염려하는 모습이었다.

'어차피 이대로는 답이 안 나오니, 부딪쳐 봐야겠지.'

아마 예전 같았으면 생각이 나더라도 행동에 옮기지 않았을 것이다.

그러나 지금은 아니었다.

비록 직급은 사원이었지만 생각은 사장.

회의실을 나온 용호의 발걸음이 향한 곳은 디자인팀 팀장 유소현이 있는 곳이었다.

*　　　　*　　　　*

디자인팀의 악명은 용호도 익히 들어 알고 있었다.

S몰 개발팀으로 파견 갔던 가산에서 개발자들이 하나같이 하던 푸념이 있었다.

너무 빡빡하다.

단 1㎜의 오차도 허용하지 않았다.

백 장이 넘어가는 디자인 가이드에서 조금이라도 벗어나면 수정 요청이 날아왔다.

수많은 화면을 언제 그렇게 보는 것인지, 수정하는 건수보다 수정 요청되는 건수가 더 빠르게 늘어났다.

그 중심에는 유소현이라는 이름의 디자인팀장이 있었다.

'저 사람이구나.'

예쁘다는 말은 많이 들었다. 그리고 또 다른 별명도 알고 있었다.

독거미.

개발자들이 유소현에게 붙여준 이름이었다. 예쁘지만 위험한 느낌을 주기 때문이다. 완벽을 추구하는 자세, 0.1㎜의 오차도 허용하지 않기에 한번 물리면 엔간한 개발자들도 밑바닥까지 탈탈 털려 버렸다.

가끔 개발팀에 직접 와서 한바탕 뒤집어놓고 가기 때문에 개발자들도 이름과 얼굴을 익히 알고 있었다. 치명적인 매력 때문인지 개중에는 한 번 만나보기만 해도 소원이 없다는 사람들도 종종 있었다.

'…여러모로 대단하긴 하다.'

가까이 다가갈수록 S몰 개발 팀원들이 했던 말이 결코 과장되지 않았음을 느끼고 있었다.

이야기의 마무리는 항상 음담패설로 끝이 났었다. 왜 개발자들이 그런 이야기를 했는지 알 수 있었다.

용호는 이내 정신을 차리고 더욱 한 발 앞으로 다가갔다. 그때 용호의 팔을 붙잡는 손이 있었다.

"용호 씨, 책임지지 못할 일은 하지 말고 이만 돌아가죠."

허지훈이 용호의 팔을 붙잡으며 말했다. 이미 유소현의 가시권에 들어간 상황, 그러나 아직 용호를 보지는 못한 듯 보였다.

"과장님 먼저 돌아가세요. 저는 안 갑니다."

용호가 허지훈의 손을 뿌리쳤다. 그리고 이내 유소현 앞으로 걸어갔다. 뒤에 남은 허지훈의 표정이 사정없이 구겨졌다. 용호를 씹어 먹을 듯한 얼굴로 노려보고 있었다.

가까이서 보니 더욱 어디에 눈을 둬야 할지 곤란하게 만들었다. 유소현의 옷차림이 용호의 심장을 두근거리게 만들었다. 겨우 안정을 취하고 인사했다.

"안녕하십니까, 팀장님, 스마트 쇼핑 전략 기획팀 이용호라고 합니다."

유소현은 고개를 숙이며 인사하는 용호는 쳐다보지도 않은 채 하던 말을 계속했다.

"내일 안으로 연락 없으면 사장님께 보고하겠다고 개발팀에 똑똑히 전하세요."

그러고는 자리로 가 앉았다. 용호를 완전히 없는 사람 취급했다. 이런 상황이 익숙한지 보고를 하던 여자도 전혀 개의치 않아 했다.

완벽한 투명 인간 취급.

'이 여자가… 지금 해보자는 거지.'

유소현의 반응에 용호는 어떻게 해서든 반응을 이끌어내야 함을 느꼈다. 자극적인 말들이 필요했다.

"신세기 디자인팀에 어떤 분들이 계신가 했더니… 이렇게 예의도 없고, 실력은 뭐 S몰을 보니 알겠고, 왜 S몰에 사용자가 없는지 알겠네요."

나지막이 중얼거린다고 했지만 조용한 사무실이었다. 누구하나 듣지 못한 사람이 없었다.

순간적으로 사무실에 근무하던 사람들이 하나같이 움찔거

렸다. 그러나 그런 용호의 도발도 유소현에게는 통하지 않았는지 침착한 목소리로 읊조렸다.

"경비원 부르세요."

허스키한 보이스가 귀에 쏙쏙 들어왔다. 왜 개발자들이 독거미라 부르는지 알 것 같았다.

독이 있는지 뻔히 알고 있지만 거미줄에 걸려들고 싶었다. 약간은 쉰 듯한 소리가 끈적끈적하게 다가왔다.

용호가 정신을 차리려는 듯 고개를 두어 번 흔들고는 한층 크게 목소리를 높였다.

"오라고 할 때는 언제고, 이제는 나가 달라니요. 디자이너들은 이래도 되는 겁니까?"

유소현은 용호의 말을 헛소리 취급했다. 나가 달라고 한 적은 있어도 오라고 한 적은 없었다. 처음 보는 얼굴이었다.

"경비원 부르라는 말 안 들려요?"

점점 사나워지는 유소현의 목소리에 아무도 대꾸하지 않았다. 날카로워지는 기세가 부딪치며 일촉즉발의 상황을 연출하고 있었다.

"팀장님, WindowView 사용하고 싶다고 얼마 전에 메일 보내시지 않았습니까."

나가라는 말에 오히려 용호가 큰소리를 쳤다. 순간 용호의 말에 유소현은 아무런 말도 하지 못했다. 유소현도 몇 번이고 돌려본 동영상이기에 분명히 기억하고 있었다.

그리고 메일을 보내라고 한 적이 있음을 알고 있었다. 그런 것을 잊기에는 유소현의 머리가 생각보다 똑똑했다.

회의실에 다시 자리가 마련되었다. 이번에는 각종 차와 다과까지 준비되었다. 각자의 상황이 얽히고설켜 어느 누가 함부로 우위에 설 수 없게 되었다.

"WindowView를 개발하신 분이라고요?"

"lovec@eaver.com으로 메일 보내주셨잖아요. 보내주신 메일 보여 드릴까요?"

유소현은 독거미라는 명성답게 방금 전의 상황에도 아무렇지 않아 보였다. 그러나 함께 들어온 몇몇 사람은 헛기침을 했다. 용호의 말에 민망해진 것이다.

"오히려 잘됐네요. 저희가 해당 뷰를 S몰 앱에 적용하려고 하는데 몇 가지 수정 사항이 있어서요."

유소현은 당당했다. 그 당당함이 전혀 어색하지 않았다. 그러나 용호는 유소현의 요청을 들어주러 온 것이 아니었다. 오히려 그 반대였다.

"디자인팀이 개발팀에 요청한 게 한두 가지가 아닌 걸로 아는데… 맞나요?"

유소현의 말을 무시한 용호는 다른 말을 했다. 상대방의 질문에 답만 하다 보면 끌려갈 뿐이다. 이제 답을 하는 사람이 아닌, 질문을 하며 상황을 이끌고 가겠다는 용호의 의지였다.

그런 의도를 파악했는지 유소현도 쉬이 대답하지 않았다. 답은 그 밑에 근무하는 여자에게서 나왔다.

"많이 있지만 어차피 이용호 씨 팀과는 상관없는 이야기입니다. 저희가 용호 씨에게 원하는 건 WindowView 수정이에요."

용호는 답변을 해주는 여자 직원에게는 시선도 주지 않은 채 유소현을 빤히 쳐다보았다.

사람이 죽을 고비를 넘기면 달라지는 게 있다고 했다. 비록 직접 경험한 것은 아니지만 간접적으로 죽음을 경험을 하고 나자 세상만사가 마치 별것 아닌 것처럼 느껴지는 면이 있었다.

여자의 말은 신경도 쓰지 않은 채 용호가 말을 이었다.

"유소현 팀장님, 제가 제안 하나 하겠습니다. WindowView 수정뿐만이 아니라 현재 개발팀에 들어가 있는 S몰 수정 사항 역시 앞으로 한 달 이내에 모두 해결해 드릴 테니 저희 팀에서 추진 중인 프로젝트를 위한 디자인을 만들어주세요."

용호의 말에 허지훈의 주먹이 불끈 쥐어졌다. 일이 추진되는 과정에서 배제되고 있는 것이 한두 번이 아니었다. 시간이 지날수록 자신의 입지가 작아지고 있음을 절감했다.

지금도 마찬가지다.

회의실에 들어와 있는 모든 사람이 용호에게 집중하고 있었다. 그건 유소현도 마찬가지였다.

"당신이 무슨 능력으로 그런 말을 하는 건가요? 지금 개발팀에서도 제대로 처리하지 못해 끙끙대고 있는데… 만약 맡겼다가 제대로 처리하지 못하면 그땐 어쩔 겁니까?"

"오히려 반대로 묻겠습니다. 제가 해결하면 어쩌실 겁니까?"

마치 손석호가 정단비를 대하는 모습을 보는 것 같았다. 자신의 능력에 대한 확신으로 가득 차, 말하고 행동하는 것에 거침이 없었다.

다소 건방져 보일 수도 있는 모습이었다.

유소현과 용호의 눈빛이 허공에서 맞부딪쳤다. 아무것도 없는 공간에서 스파크가 튀는 듯한 환상이 느껴지고 있었다.

당장에 어떤 사달이 일어나도 이상하지 않을 광경이었다.

일개 사원이 팀장에게 맞서고 있는 상황, 당장에 용호가 끌려 나가도 변명의 여지가 없었다.

유소현이 먼저 용호에게서 시선을 거두었다.

"먼저 WindowView 수정하는 상황을 보고 결정하도록 하죠."

"아니요. WindowView 수정에, 앞으로 일주일 안에 현재까지 발생한 이슈 사항 삼분의 일을 해오겠습니다. 그러면 되겠습니까?"

계속되는 반발.

유소현의 인내심도 점차 한계에 달하고 있었다. 수십 명의 개발자가 달라붙어 있는 S몰 개발팀에서도 일이 적체되어 있는 상황이다.

그것을 혼자 해결하겠다고 나서는 모습이 범 무서운지 모르는 하룻강아지처럼 느껴졌다. 그러나 눈빛을 보면 또 아니었다.

또렷하고 선명한 것이 해낼 수 있다는 확신을 보여주고 있었다.

눈은 마음의 창.

유소현은 용호의 눈빛 아래 잠재되어 있는 스스로에 대한 믿음을 보았다. 그것이 선뜻 자리를 떠나지 못하고 있는 이유였다.

"이 주일 안으로 이슈 사항 절반 해결, 그러면 디자인팀에서 스마트 쇼핑 전략 기획팀의 시스템을 고려하겠습니다."

유소현의 반응에 용호의 표정이 밝아졌다. 처음으로 나온 긍정적인 반응이었다.

이내 용호가 고개를 끄덕였고 거래가 성사되었다.

*　　　*　　　*

WindowView 수정 사항이야 크게 신경 쓸 것이 없었다. 손석호와 했던 지옥의 코드 리뷰 덕택에 WindowView는 아주 깔끔하게 정리되어 있었다.

대부분의 개발자가 본인이 개발했음에도 시간이 흐르고 다시 보면 제대로 기억해 내지 못하는 경향이 있었다.

그렇기 때문에 주석이 필요하고, 명확한 변수명과 메소드명, 그리고 디자인 패턴 등이 중요한 것이다.

그런 면에서 보면 WindowView는 완벽했다.

'View에서 깨지는 효과를 좀 더 디테일하게 하는 것이니 깨지는 조각 개수를 더 늘리면 간단한 게 끝날 것 같고.'

이미 확장성 면에서도 다방면으로 고려를 해두었다. 문제는 S몰에서 발견되는 오류였다.

'양이 너무 많아.'

이 주일이라는 제한 시간 내에 해결하기에는 양이 너무 많았다.

지금까지 쌓인 요청 개수만 해도 300개를 넘어가고 있었다. 그중 절반을 해결하기 위해서는 150개, 하루에 대략 10가지 정도를 해결해 내야 했다.

대부분의 요청 사항은 html이나 css같은 스크립트를 조금씩 수정해야 하는 문제였다. 진짜 문제는 수정했을 때 생겼다.

사이드 이펙트.

어떤 버튼을 오른쪽으로 1㎜ 옮겼을 때 다른 UI 개체들에게 영향을 줄 가능성이 높았다.

'그러나 내가 하면 문제없지.'

용호는 일단 간단한 문제들부터 수정해 나가기 시작했다.

'오타가 엄청 많구먼.'

용호가 버그 창을 보며 중얼거렸다.

수많은 개발자들이 가장 많이 하는 실수였다.

오타.

그 밖에도 자바 스크립트에 개체가 제대로 생성되지 않은 문제.

CSS에 잘못 적어놓은 오타들.

html 속성들의 위치 수정.

그리고 불꽃 코딩.

용호의 그런 모습을 손석호가 흐뭇한 미소를 지으며 바라보았다.

이제 완연히 원래 모습을 찾은 듯해 보였다. 뿐만 아니라 그 이상 내적으로 발전, 성숙한 듯해 더욱 대견스러웠다.

*   *   *

유소현이 다리를 꼰 채 의자에 앉아 있었다. 원피스 위로 살짝 드러난 미끈한 다리가 시선을 끌어당겼다.

"사장님인가요?"

허스키한 보이스가 향한 곳에 정진훈이 앉아 있었다. 유소현의 질문에 아무런 안색의 변화도 없었다.

"……."

"일을 하러 왔더니 정치에 휘말리게 만드시는 건가요?"

"소현 씨는 디자인만 잘 해주시면 됩니다."

타닥. 타닥.

정진훈은 여전히 같은 습관을 가지고 있었다. 푹신한 의자에 앉아 손가락을 두드리고 있었다.

"그런데 왜, 정단비 팀장이 진행하는 일을 고려해야 한다고 말씀해 주지 않으신 겁니까?"

유소현이 정진훈을 똑바로 쳐다보며 말했다. 정단비를 대할 때와 전혀 차이가 없는 태도였다.

약간은 상대를 째려보는 듯한 눈빛, 그 까칠함이 오히려 유소현의 매력을 더하고 있었다.

"밑에서 착오가 있었나 봅니다."

일관된 반응.

유소현은 더 이상 말을 해봤자 입만 아플 것임을 직감했다.

"앞으로 이런 일이 없었으면 합니다."

말을 하면서도 유소현은 씁쓸함을 감출 수가 없었다. 어차피 자신이 말한다 해도 정진훈은 귓등으로도 듣지 않을 것임을 충분히 잘 알고 있었다.

*　　　　*　　　　*

사무실이 키보드를 두드리는 경쾌한 소리에 깨어나고 있었다.

기계식 키보드 중에서도 명품인 해피해킹.

용호가 사용하고 있는 키보드였다.

그 옆에서는 나대방이 타자를 두드리고 있었다.

키보드가 명품이어서일까? 아니면 키보드를 치고 있는 프로그래머들이 명품이어서일까, 키보드에서 나는 소리가 마치 아름다운 피아노 선율처럼 들렸다.

타다닥. 타닥. 타다다닥. 타닥.

둘 모두 마치 약에 취한 듯 모니터를 보며 코딩을 해나갔다. 밤이 지나고 아침 해가 떴다는 사실을 청소를 해주시는 아주머니가 옴으로써 알 수 있었다.

'이제 얼추 마무리가 된 것 같은데.'

용호가 기지개를 켜며 먼저 자리에서 일어났다. 옆을 돌아보니 나대방이 타자를 치느라 정신이 없어 보였다.

볼 때마다 신기했다. 두 손을 키보드 위에 얹으면 키보드가 가려 보이지가 않을 정도였다. 키보드를 칠 때마다 혹시나 키보드가 부서지지는 않을까 걱정스러웠다.

'볼 때마다 참 대단하단 말이야.'

"대방 씨, 나대방 씨."

용호가 어지간한 헬스 트레이너보다 넓은 어깨를 자랑하는 나대방의 등에 손을 얹었다.

"커피나 한잔해요."

그제야 나대방이 고개를 돌려 용호를 바라보았다. 용호가 손으로 마치 술을 마시는 듯한 포즈를 취해 보았다.

용호는 커피를 마시자는 의미였지만 나대방은 다르게 해석했는지 반색을 하며 자리에서 일어났다.

용호가 커피를 한 잔 사 들고 오자 나대방이 바로 실망한 티를 냈다.

"아이, 이게 뭡니까."

"저는 커피를 먹자는 의미였는데, 또 술 먹자고요?"

"컴퓨터와 함께 하는 팍팍한 삶에 술이라도 없으면 어떻게 살아요."

나대방이 커피를 한잔 마시더니 마치 술을 먹은 양 얼굴을 찌푸렸다. 그제 밤에도 저녁과 함께 반주를 하고 들어왔다. 어젯밤에도 마찬가지. 그랬음에도 또 술을 먹자고 하는 나대방이 용호로서는 놀라울 뿐이었다.

"술이 그렇게 좋습니까?"

"이런 말도 있잖아요. '취하지 않고는 살 수가 없구나.'"

나대방의 말에 용호가 아예 고개를 돌려 버렸다. 미친놈의 헛소리를 들어줄 필요가 없다 생각한 것이다.

"어이, 선배님. 제가 그렇게까지 미친놈은 아니잖아요."

나대방이 눈치 하나는 빠른지 용호의 표정을 빠르게 캐치했다.

"대방 씨는 여자친구 안 사귀어요?"

용호의 질문에 나대방이 갑자기 커피를 술처럼 벌컥벌컥 마셔댔다.

"제가 이래 봬도 엄청 착하거든요. 그런데 여자들이… 여자들이……."

울먹거리며 말하는 뒷말이 용호는 능히 짐작되었다. 아마 산적 같은 외모에 놀랐을 것이다. 일부 마니아층에서만 인기 있을 법했다.

나대방 뿐만이 아닌 용호도 여자친구 생각이 뜨문뜨문 떠올랐다. 20대 한창의 나이, 대학 시절 딱 한 번 연애를 해보고 그 뒤로는 시간도 기회도 없었다.

"그러면 소개팅 한번 해볼래요?"

용호가 최혜진을 떠올리며 말했다. 평소에도 마동석 같은 사람을 좋아한다며 어디 주변에 그런 사람 없느냐고 할 때마다 나대방이 생각났었다.

일에 치여 기회를 잡지 못하다가 마침 이야기할 기회가 생긴 것이다. 최혜진 정도의 용모에 성격, 그리고 능력이면 어디 내놓아도 욕먹을 것 같지 않았다.

그날 그렇게 소개팅이 하나 성사되었다. 용호로써는 더욱 외로워지는 아침이었다.

*　　　　*　　　　*

한 주가 끝나고 새로운 월요일 아침이 시작되었다. 월요병을 이겨낸 사람들이 출근을 하고 있었다.

그 속에는 유소현과 정단비도 있었다.

출근 시간마다 엘리베이터는 사람들로 붐볐다. 그날도 예외는 아니었다.

서로 간에 어깨가 맞닿을 정도로 꽉 찬 엘리베이터, 그런데 너무나 조용했다.

마치 말을 하면 안 될 것 같은 분위기.

독거미라 불리는 유소현, 회사 직계 자손인 정단비가 같은 엘리베이터에 타고 있었다.

먼저 말을 던진 건 정단비였다.

"디자인팀장이라는 자리가 무척 바쁜 자린가 봐요. 얼굴 보기가 그렇게 힘들어서야, 어디 제대로 일이라도 할 수 있을지 모르겠네요."

"그렇게 바쁘게 움직이기 때문에 이 나이에 제가 디자인팀을 맡을 수 있는 겁니다. 누구처럼 백으로 앉아 있는 게 아니라서요."

직설적인 유소현의 말에 정단비가 입술을 꽉 깨물었다. 엘리베이터 안은 마치 서리라도 내린 듯 차가워졌다.

말을 마친 유소현은 인사도 하지 않은 채 엘리베이터에서 내렸다. 다른 모든 직장인이 정단비에게 가벼운 목례라도 하는 것에 비하면 무례하다고 해도 과언이 아닐 정도였다.

쾅!

사무실로 들어온 정단비가 문을 닫고 방으로 들어섰다. 그리고 이내 다시 문을 열더니 용호를 찾았다.

"용호 씨, 잠깐 방으로 와주세요."

씩씩거리며 말하는 폼이 아침부터 기분이 좋지 않아 보였다.

방으로 들어선 정단비가 코트를 벗어 옷걸이에 걸쳤다. 블라우스의 평퍼짐함이 몸의 굴곡을 제대로 표현하지 못하고 있었다.

'확실히 유소현 팀장과는 다르단 말이야.'

용호가 딴생각에 빠진 사이 정단비가 자리에 앉으며 말했다.

"오늘이라고 했죠?"

"네. 오늘까지입니다."

"가서 코를 납작하게 해주고 오세요. 이건 팀장으로서 명령입니다. 명령!"

정단비가 과격하게 소리쳤다. 명령이라고까지 할 정도로 표현한 적은 흔치 않았다. 용호는 아마 듣기 싫은 소리를 들었나 보다 짐작할 뿐이었다.

"알겠습니다."

바로 오늘.

유소현과 약속한 날이었다.

마침 유소현도 일정을 확인하고 있었다.

'오늘이네.'

사실 큰 기대는 없었다. 개발팀에서도 제대로 수정을 해주지 못하고 있는 상황에서 개인이 할 수 있는 일은 지극히 제한적이라 생각했다.

'WindowView라도 수정해 오면 다행이지.'

내심 용호를 무시하는 생각도 있었다. 지금까지 만나본 대한민국의 개발자 중에 실력이 있다고 생각되는 개발자는 단한 명도 만나보지 못했다.

특히 신세기에 와서는 그러한 생각이 공고히 굳어졌다.

그저 일정 맞추기에 급급하여 자기방어밖에 할 줄 모르는회사원. 프로그래머라는 명칭도 아까웠다.

유소현이 보기에는 기술자라 부르기에도 민망할 정도의 수준, 다른 사무직과 별반 차이 없는 회사원에 불과했다.

'곧 알게 되겠지.'

유소현이 코트를 벗어 옷걸이에 걸쳤다. 정단비와는 차원이다른 볼륨감이 모습을 드러냈다. 주변에 있던 팀원들도 부러운 듯한 눈빛으로 한 번씩 쳐다보았다.

유소현은 이미 그러한 시선이 익숙한지 일에 집중할 뿐이었다.

　　　　*　　　　*　　　　*

./startup

그리고 엔터.

용호가 마지막 버그를 수정한 후 테스트 서버에 올라가 있는 웹 애플리케이션을 실행시켰다.

'좋아, 이상 없네.'

이제 유소현을 만나는 일만 남았다.

또각또각.

대리석으로 된 복도 위를 여러 하이힐이 지나가고 있었다. 디자인팀의 사람들이었다. 그 제일 앞에 유소현이 걷고 있었다.

"이쪽입니다."

방에는 이미 용호가 대기하고 있었다. 정단비는 용호 혼자 가는 것이 부족하다 생각했는지 허지훈도 함께 보냈다.

"그럼 시작해 봐도 될까요?"

"네."

디자이너들이 각자 가지고 온 노트북으로 S몰 테스트를 진행했다. 단 1㎜의 오차도 놓치지 않겠다는 뜨거운 열정이 회의실의 공기를 순식간에 달아오르게 만들었다.

그에 반해 용호는 여유로운 표정이었다. 그러고는 디자이너들에게 더 많은 일감을 던져 주었다.

"수정하다 보니까 시간이 남아서… 요청 올라온 것들 전부 해결했으니까 찬찬히들 보세요."

약간은 거만한 말투, 말을 마친 용호는 잠시 화장실을 가겠다며 자리에서 일어났다. 그러나 유소현은 용호의 말을 믿지 않았다. 얼마 안 있으면 밝혀질 거짓말이었기에 처음부터 했던 '미친놈'이라는 생각이 딱 맞았다고만 생각했다.

그 생각은 채 한 시간도 되지 않아 깨지고 말았다.

"티, 팀장님."

"왜 그러시죠?"

"지금 절반 확인했는데… 전혀 이상이 없습니다."

"……."

유소현이 믿기지 않는다는 듯 직접 노트북 앞에 앉았다. 그러고는 아직 확인하지 않은 몇 가지 수정 사항들을 직접 테스트해 보았다.

'서, 설마 진짜로……'

그 뒤로도 대여섯 개를 확인해 보았지만 하나같이 완벽하게 수정되어 있었다.

'말도 안 돼.'

그 말도 안 되는 일이 현실로 벌어졌다.

꾹 다문 입술이 여전히 지금의 일을 믿고 있지 못하고 있는 듯 보였다.

그러나 이미 벌어진 현실, 몇 번이고 확인했지만 바뀌지 않았다.

"그러면 이제부터 저희가 개발하는 프로젝트 OH가 어떻게 S몰에 들어갈지 논의하면 되는 건가요?"

유소현은 여전히 용호를 노려볼 뿐이었다. 어떻게 한 일인지 진실을 알려 달라는 눈빛이었다.

너무나 강렬한 눈빛이었지만 용호는 따로 해줄 말이 없었다. 그랬기에 그저 가만히 유소현을 바라보고 있을 뿐이었다.

'왜 저렇게 뜨겁게 쳐다보는 거야……'

유소현이 너무 강하게 쏘아보고 있었기에 용호는 살짝 부담스러웠다. 그러나 유소현에게도 이유는 있었다.

유소현은 용호의 질문에 쉽게 답하지 않았다. 이건 상식적으로 받아들일 수 없는 일이었다.

이 주일 만에 간단하게 해결될 일이라면 도대체 왜 S몰 개발팀에서 이때껏 미뤄왔단 말인가?

어쩌면 저들이 짜고 자신을 기만하고 있을지도 모른다는 의심으로 가득 찼다. 각고의 노력으로 이 자리까지 올라오며 보았던 인간 군상들의 행태를 보면 충분히 가능성이 있었다.

더구나 정단비는 신세기 회장의 딸, 직계에게 잘 보이고자 짜고 치는 고스톱일 수도 있었다.

'어서 진실을 말해!'

유소현이 더욱 강하게 눈빛으로 말했다. 그러나 용호로써는 할 말이 없는 상황. 그저 묵묵히 유소현의 눈빛을 받아낼 뿐이었다.

아무도 먼저 입을 여는 사람 없어 회의실에는 침묵만이 자리했다. 각자가 다른 생각을 하던 때, 드디어 유소현의 입이 열렸다.

비록 사실대로 말하지 않을지라도 꼭 물어보고 싶었다.

"이렇게 하라고 정단비 팀장이 시킨 겁니까?"

유소현은 '정단비 팀장의 지시로 개발팀과 짜고 일을 벌였냐?' 물어보고 있었다.

일부런 디자인팀의 일을 방해하고, 그걸 빌미로 자신의 일을 추진하려 한다고 생각한 것이다.

지금의 질문으로 이 자리에서 잘리더라도 후회는 없었다.

이미 정진훈이 정단비의 일을 방해하고 있는 상황, 정단비가 이런 술책을 썼다는 것이 합리적인 판단이었다.

"어떻게 하면 믿으시겠습니까? 여기서 코딩 쇼라도 보여 드립니까?"

용호가 답답하다는 듯 말을 토해냈다. 거짓인지 아닌지 판명하는 방법은 간단했다. 정말 용호의 실력인지 확인하면 되는 법.

유소현이 보고 있던 노트북 모니터를 반대편으로 돌렸다.

"정말 용호 씨 능력이라면, 이걸 한번 봐주세요."

유소현이 보여주는 모니터에는 몇 가지 화면 UI가 디자인되어 있었다. 용호도 지금까지 스마트폰을 사용하며 한 번도 본 적이 없는 형태의 것이었다.

"이, 이게 뭔가요?"

"이번에 쿠글사에서 머테리얼 디자인이라고 새롭게 디자인 콘셉트를 발표한 건 아시죠? 거기에 맞춰 저희가 S몰 앱을 디자인한 겁니다. 그런데 S몰 개발팀에서는 못 만들겠다 하더군요. 외주를 주려고 하니 위에서 S몰은 핵심 사업이라 안 된다 하고요. 정말 용호 씨가 모든 요청 사항을 수정한 게 맞다면 이것도 한번 만들어 보시죠. 그러면 믿겠습니다."

유소현이 용호를 뜨겁게 바라보고 있었다. 유소현의 관심사는 일. 야심차게 준비한 디자인이 개발이라는 족쇄에 묶여 세상에 선보일 수 없다는 것이 가장 큰 고통이었다.

이 남자의 능력이 진짜라면, 어쩌면 자신을 그 고통에서 해방시켜 줄 수 있을 것 같았다.

'이거 어째 지뢰를 밟은 것 같은데……'

용호의 입장에서는 이미 하고 있는 일도 많은 상황, 거기에 일을 하나 더 얹게 생겼다. 용호의 등 뒤로 식은땀이 흘러내렸다.

쿨리앙이라는 개발자 커뮤니티.

그곳의 어느 현자님이 이런 말씀을 하셨다.

내가 프로그래머로서 생활하며 한 가지 깨달은 것이 있다.

우리가 알고 있던 수학은 잘못되었다.

일 더하기 일은 이가 아니라 야근이다.

농담 삼아 한 말이겠지만 용호도 그 현자의 말을 통렬히 공감하는 중이었다.

"용호 씨, 사용자가 위아래로 화면을 슬라이드할 때 버튼이 올라오는 속도가 너무 빠릅니다. 조금만 늦춰주세요."

덜덜덜.

모니터를 보고 있는 용호의 몸이 떨려왔다. 몇 분 전에 와서 좀 더 빠르게 해달라고 요청했다.

그런데 금세 조금만 속도를 늦춰 달라 다시 요청해 왔다.

"추천된 상품이 사라지는 효과가 조금 어색한 것 같지 않아요?"

유소현의 목소리는 무척 들떠 있었다.

평소 자신이 생각하던 디자인들이 앱에서 하나씩 구현되고 있었다. 머릿속에만 존재하던 것들이 실제 세상에 나와 춤을 추고 있었다.

어찌 흥분되지 않을 수 있을까.

온전히 용호 덕분이라 할 수 있었다.

기존 인드로이드의 라이브러리를 가져다 쓰는 것과 커스터 마이징 된 뷰를 만드는 것은 궤를 달리할 정도의 난이도였다.

용호도 과거 WindowView를 만들어본 적은 있었지만, 그렇다고 인드로이드에 대해 완벽하게 파악하고 있지는 못했다.

"그러면 이 기회에 하면 되겠네요."

용호가 만든 몇 가지 앱 화면을 확인한 유소현의 말이었다.

노트북에는 다양한 UI들이 디자인되어 있었다.

용호 스스로도 할 수 있을지 없을지 감이 오지 않아 먼저 몇 가지 해본 다음에 말을 하겠다고 약속했다.

그 결과 용호는 디자인팀으로 파견 오게 되었다.

부산 찍고 가산, 이제는 디자인팀까지.

'나는 파견 신세인가.'

나쁘지만은 않았다.

완벽한 꽃밭, 그 속에 유일한 수컷.

그리고 활짝 핀 웃는 얼굴을 보는 것이 그리 나쁘지만은 않았다.

＊　　　＊　　　＊

화면 설계서.

대부분의 개발자들이 클라이언트라고 하는 사용자가 대면하는 화면을 만들 때 참고하는 것이 화면 설계서다. 디자이너와 기획자가 만들어주는 화면 설계서에 따라 화면을 개발하는 것이다.

통상 화면 설계 시에 개발자들도 참여하여 의견을 교환한다.

실제 개발에서 구현이 되는지, 쓸데없이 고난이도의 화면을 만드는 건 아닌지 등을 함께 논의하기 위해서였다.

규모에 따라서는 개발자가 직접 화면 설계서를 만드는 경우도 비일비재했다.

개발팀에서는 용호와 프로젝트 OH의 기획자인 허지훈이 함께 화면 설계서 정의에 참여 중이었다.

"화면 번호 S-12 설명드리겠습니다. 이게 마지막 화면입니다. 프로젝트 OH의 최대 강점인 실제와 비슷한 온라인의 아바타가 옷을 입어볼 수 있다는 것에 주목했습니다."

유소현이 직접 프레젠테이션을 하고 있었다.

프로젝트 OH.

유소현은 프로젝트의 존재 자체를 알지 못했다. 어디에선가 정보의 단절이 있었던 것이다.

프로젝트의 존재를 알고 난 뒤에도 그저 재벌가의 자식이 하는 장난 정도로 치부했다. 그러나 기능에 대한 설명을 듣고 나서부터는 태도가 달라졌다.

적극적인 태도.

"그래서 생각한 것이 현재 화면에 보이는 동작 방식입니다. 사용자의 신체 사이즈를 일일이 입력하는 것이 아니라 업로 드된 사진 만으로도 파악할 수 있도록 최대한 사용자 입력을 줄이는 건 어떨까요?"

유소현의 눈이 초롱초롱 빛나고 있었다. 이제는 디자인만 이 아닌 기획 부분까지 관여하려 했다.

허지훈으로서는 눈살이 찌푸려질 만한 상황이었다.

"그 부분은 이미 기획에서 검토가 끝난 사안입니다. 개발 로드 때문에 추진하지 않기로 했습니다."

"흠, 그러면 이 부분은 빼고… 이상입니다."

유소현의 발표가 끝났다. 이제 유소현이 발표한 대로 용호 가 실제 앱 화면을 개발하는 일만이 남아 있었다.

유소현이 설계한 최신 UI들이 프로젝트 OH를 위해 하나도 빠짐없이 들어가 있었다.

디자이너에게 받은 이미지가 한 무더기가 쌓여 있었다.

'오늘도 쌓였구나.'

전달받은 이미지들을 적재적소에 추가해야 한다. 안드로이 드의 뷰는 xml문서로 만들 수도, 직접 하나하나 코딩으로 추 가할 수도 있었다.

이 모든 작업이 개발자의 손에서 이루어진다. 디자이너가 주는 것은 색상 코드나 필요한 이미지 같은 자료들이다.

용호는 하나의 모니터에 UI 가이드를 띄워놓고, 다른 모니터에는 프로그램 개발 툴을 띄워놓고 개발을 시작했다.

한시가 급한 상황, 일분일초가 아까운 순간이었다.

모니터를 보고 있던 용호가 머리를 쥐어뜯고 있었다.

'분명 맞게 했는데.'

용호의 책상에는 최근 가장 많은 사람들이 사용하는 핸드폰 두 대가 책상 위에 놓여 있었다.

특이한 점은 같은 소스가 올라갔지만 화면이 약간 달랐다.

'왜 이 폰에서만 이미지가 깨지는 거야……'

둘 다 이미지가 깨졌다면 디자이너에게 책임이 있을 거라 여겼을 것이다. 그러나 하나의 핸드폰에서는 버튼 이미지가 정상적으로 출력되고 있었다.

'버그 창에도 분명 이상은 없는데……'

디자인 가이드라는 문서까지 완벽한 상황, 이상이 있다면 버그가 떴을 것인데 아무런 안내도 나와 있질 않았다.

'일단 다른 것들부터 해결해 놓고.'

미완료라 체크한 후 용호는 다른 화면부터 만들어 나갔다. 아직 할 일이 태산 같았다. 이것 하나에 계속 시간을 쏟을 수만은 없는 일이었다.

유소현이 용호에게 다가왔다. 하루 일과 중 가장 중요한 시간 중 하나인, 그날의 진척 사항에 대한 브리핑은 스마트폰을 보며 이루어진다.

"어디까지 됐어요?"

"현재 S—4까지 진행했습니다."

개발된 소스가 업로드되어 있는 스마트폰을 용호가 유소현에게 넘겨주었다. 이리저리 테스트를 하던 유소현이 자잘한 사항들을 지적했다.

어차피 유소현도 곧 알게 될 일, 용호는 아직 미흡한 부분에 대해 먼저 선수를 쳤다.

"그런데 S—3에 들어가는 버튼 중 하나가 깨집니다."

용호가 유소현이 터치하고 있던 스마트폰에 손을 가져다 댔다. 슬쩍 스친 두 사람의 손가락, 용호는 의식하지 못했지만 분명 살과 살이 맞닿았다.

"여기 보시면 이쪽은 버튼이 제대로 나오는데… 여기 O5에서 구동시키면 버튼이 깨지고 있어요. 이걸 해결해야 하는데 아직……."

"아, 이게 왜 이러지……."

유소현이 보기에도 이상했다. 두 개의 핸드폰, 그리고 서로 다른 이미지의 상태. 그러나 문제는 너무나 간단하게 해결되었다.

잠시 생각하던 유소현이 이내 이미지를 넘긴 디자이너를 불렀다.

"주리 씨, 이거 나인패치로 처리한 거 맞아요?"

나인패치.

버튼과 같은 일정 패턴이 있는 이미지를 다양한 해상도에 적용하기 위한 디자인 방법 중 하나였다.

유소현의 말에 디자이너는 일순 당황하는 것처럼 보였다.

"마, 맞습니다."

"그럼 이게 깨질 이유가 없는데… 용호 씨, 이미지 원본 파일 한번 볼 수 있을까요?"

이번에는 유소현이 용호 쪽으로 고개를 숙여왔다. 유소현의 웨이브진 머리카락이 용호의 볼을 간질였다. 유소현은 의식하지 못했지만 용호는 진한 장미 향에 일순 아찔함을 느꼈다.

나인패치를 확인하는 방법은 간단했다. 파일 이름에 9라는 숫자가 들어가 있어야 했다.

용호가 리소스 폴더를 열어 파일 목록을 보여주었다.

이미지 파일명에 9라는 숫자는 붙어 있지 않았다. 디자이너가 실수를 한 것이다. 순간 문제를 확인하겠다고 허비한 시간이 아까웠지만 티를 낼 수가 없었다.

"미안해요."

"아, 아닙니다."

설마 유소현이 미안하다고 할 줄 용호는 상상하지 못했다.

지금껏 표독스러운 모습만 보아와서일까, 팀원의 실수에 바로 사과하는 행동이 오히려 어색하게 느껴졌다.

"요즘 일이 많아서 실수를 했나 봐요. 곧 다시 만들어줄 겁니다."

"네. 주시는 대로 바로 적용할게요."

용호의 호의적인 태도에 유소현도 놀란 듯했다.

"첫인상과는 무척 다르네요."

"팀장님도 마찬가지십니다."

용호의 말에 유소현이 웃음을 터트렸다. 본인도 남들이 자신을 어떻게 생각하는지 아는 눈치였다.

"칭찬으로 들을게요."

웃음이 감돌아서인지, 처음 대면했을 때보다는 가까워진 것 같았다. 가까워진 것 같은 것이 아니라 가까워져 있었다.

책상을 사이에 두고 보던 거리가 팔을 뻗으면 닿을 거리로 변해 있었다.

*　　　*　　　*

아침부터 정단비가 디자인팀 사무실로 찾아왔다. 잔뜩 화가 난 것이 뭔가 일이 벌어졌음을 짐작게 했다.

"유. 소. 현. 팀장님"

한 자씩 딱딱 끊어 부르는 것이 적대감을 가득 담고 있었다. 자리에 앉아 있던 유소현이 정단비를 바라보았다.

"팀장님께서 어쩐 일로 여기까지 오셨습니까."

"이용호 씨 파견을 연장해 달라고 신청하셨던데요."

"네. 생각보다 능력이 출중하시더라고요."

주변에서 일을 하고 있던 용호는 어리둥절할 뿐이었다. 자신도 모르게 일이 벌어진 것 같았다.

얼핏 들어보니 디자인팀으로의 파견이 연장된 듯싶었다.

"여기 용호 씨는 저희 팀 프로젝트에 핵심 인력입니다. 지금도 겨우 시간을 빼드리고 있다는 사실을 아셔야죠."

"거기 공문에 보시면 알겠지만 저희 디자인팀에서 이번에 론칭하는 S몰 앱을 쿠글사의 디자인 어워드에 내려고 합니다. 그러기 위해서는 용호 씨가 꼭 필요해요. 만약 상을 받게 된다면 스마트 쇼핑 전략 기획팀에도 좋은 기회 아닌가요? S몰 앱이 유명해질수록 다운로드도 늘어나고 매출은 따라올 테니까요."

쿠글의 디자인 어워드.

핵심은 디자인과 개발자 둘 모두를 잡겠다는 것이다.

어떤 디자인이든 현존하는 모든 핸드폰에서 무리 없이 구동되어야 했다.

그 말은 곧 디자인도 중요하지만 개발에서의 최적화도 중요하다는 말이었다. 최신형 핸드폰에서나 10년 전에 나온 구형폰에서나 동일한 속도와 반응을 보여야 했다.

정상급에 속하는 디자이너와 개발자가 있어야지만 쿠글사의 디자인 어워드에서 수상할 수 있었다.

유소현이 생각하고 있는 최종 목표였다. 그러자면 용호가 꼭 필요했다. 그러면 유소현이 생각하고 있는 목표를 달성할 수 있게 만들어줄 수 있을 것 같았다.

그런데 정단비가 반대 의사를 밝혔다. 이미 팀 내에서 개발하고 있는 것에도 과부하가 걸리고 있는 상태, 아무리 용호가 핵심에서 빠져 있다고는 하지만 그 말은 핵심 중에서 핵심이 아니라는 것이지 그렇다고 용호의 절대적인 중요도가 떨어진 것이 아니었다.

"어찌 됐든 용호 씨는 안 됩니다."

"그러면 용호 씨에게 직접 물어보는 건 어떻습니까?"

유소현이 이번에는 용호 쪽을 돌아보았다. 순간 정단비도 용호 쪽을 쳐다보았다.

인력에 대한 권한은 일차적으로 팀장에게 있지만 정단비는 그런 권위보다는 자율성을 중시하는 성향이었다. 용호가 정말 원한다면 보내줄 수도 있었다.

그러나 '설마 그럴 리가 있겠어' 하는 표정이 얼굴에 다 드러나 있었다.

'뭐, 뭐야.'

용호는 갑작스러운 선택의 상황에 당황스러움이 되었다. 정진훈의 제안과는 또 달랐다. 완전히 자신의 팀으로 오라는 소리도 아니었고, 하다 보니 디자인팀과의 협업이 생각보다 즐거웠다. 또한 디자인 어워드라는 것에 나가보는 것도 나쁘지 않을 것 같았다.

비록 실력은 뛰어날지 몰라도 경력은 2년이 채 되지 않는 초보 개발자. 다양한 경험을 쌓는 것이 나쁘지만은 않아 보였다.

바로 대답이 없자 유소현의 얼굴은 점점 득의양양하게 변해갔다.

그에 반해 정단비는 점차 초조해하는 것 같았다. 초조함이 용호를 보며 하는 질문에도 묻어났다.

"용호 씨?"

마침 믿고 의지하는 손석호도 보이지가 않았다. 용호는 평소 생각하던 바를 솔직하게 이야기했다.

"…일단 스마트 쇼핑 전략 기획팀 소속이니 정 팀장님의 의견에 따르는 것이 맞겠으나, 파견 기간이 짧다면 디자인팀의 일을 잠시만 더 도와주는 것도 괜찮을 것 같습니다."

조건이 붙기는 했지만 용호가 보낸 긍정적인 신호는 유소현을 미소 짓게 하기 충분했다.

*   *   *

신세기 사랑꾼 이용호.

유소현을 선택하다.

오랜만에 들른 스마트 쇼핑 전략 기획팀에 도착하자마자 용호가 들은 소리였다.

"아, 진짜 수석님!"

용호가 빽 하고 소리를 지르자 손석호가 귀를 막고는 말했다.

"용호 씨 덕분에 지금 우리가 얼마나 힘들어진 줄 알아요? 알면 그런 말 못 하지요."

손석호가 말을 하며 정단비가 머물고 있는 방을 손가락으로 가리켰다. 그러고는 집게손가락으로 위를 찌르는 시늉을 했다. 단단히 화가 났다는 표시였다.

"일정이 짧으면 해도 좋겠다는 이야기였는데… 많이 화난 거 같아요?"

손석호가 머리를 숙여 용호의 귀 쪽으로 입을 가져다 대었다. 그러고는 조심스럽고도 은밀하게 말했다.

"흠, 화가 났다기보다는 삐쳤다는 표현이 맞아요. 어서 들어가 보세요."

정단비의 사무실로 들어가니 예전과는 분위기가 확연히 다름이 느껴졌다. 논리적으로 설명하기 힘든 죄책감, 이성이 아닌 감성적으로 미안했다.

"팀장님."

"…정말 디자인팀에 남고 싶어요?"

"말씀드렸다시피 계속 남아 있는 것이 아니라… 잠시 가 있는 거면 그곳에 남아 협업을 하는 것이 제 개인적으로도 큰 경험이 될 것 같아서요."

용호는 차근히 설명을 덧붙였다. 세상에 혼자서 모든 일을 할 수는 없다. 또한 어떤 일이든 커뮤니케이션 없이 혼자 가능한 일 역시 존재하지 않는다.

디자인팀과의 협업은 커뮤니케이션 능력 향상뿐만이 아니라 디자인이라는 일에 대한 눈을 키우는 데 많은 도움이 되고 있었다.

"용호 씨가 그렇게 생각하고 있다면… 알겠습니다. 섭섭하긴 하지만, 더 성장해서 돌아올 거라 믿을게요."

"네. 알겠습니다."

용호가 짧고 강하게 대답했다. 그 안에 담긴 마음을 정단비도 읽었는지 잔뜩 찡그리고 있던 얼굴이 조금은 풀어졌다.

손석호가 용호에게 수많은 기회를 준 건 사실이다.

그러나 기회를 잡기 위한 최초의 기회를 준 건 정단비였다. 용호는 될 수 있으면 최대한 정단비를 도와주고 싶었다.

그 마음이 전해지고 있었다.

*　　　　*　　　　*

디자이너인 만큼 유소현은 패션에도 상당한 신경을 쏟았다.

'이건 너무 노티 나 보이는데.'

상체에 블라우스를 몇 번 대보고는 유소현이 옷장에서 다른 옷을 꺼내 들었다. 이미 여러 벌의 옷을 입고 벗었는지 침대에 그 흔적들이 남아 있었다.

'옷을 새로 사야 하나.'

유소현은 영 옷이 마음에 들지 않는 눈치였다. 그 뒤로도 몇 벌은 더 맞춰보았다. 그러다 출근 시간이 가까워지자 겨우 옷을 하나 골랐다.

'휴우……'

결국 고른 것이 스키니 진에 하얀색 셔츠, 그리고 재킷이었다. 평소에도 옷에 신경을 쓰는 편이었지만 근래에는 더욱 옷을 고르는 데 많은 시간이 걸리고 있었다.

와르르르.

유소현이 쇼핑백에 들어 있던 핸드폰을 박스로 탈탈 털어 넣었다. 지금껏 모아왔던 핸드폰이었다.

"이, 이게 다 뭔가요?"

"제가 지금까지 모은 폰들입니다. 여기에 있는 핸드폰에서도 모두 정상적으로 돌아가야 해요."

예전부터 준비를 해왔는지 다양한 종류의 폰들이 준비되어 있었다.

간간이 보이는 폰들은 과연 구동이 될까 의심스러워 보이는 상태의 것들도 존재했다.

"여기서 다 돌아가야 한다고요?"

"네. 쿠글사에서 제시하는 기준이 그래요. 단순히 아름답다고 끝나는 것이 아니라 제시된 디자인이 정말 실용적으로 대부분의 폰에서 문제없이 돌아갈 수 있는가도 중요합니다. 그래서 정상급 실력을 가진 개발자가 필요해요."

쿠글사의 앱 디자인 어워드.

실력 있는 디자이너에게 상을 주겠다는 목적도 있었지만, 그런 디자이너들에게 그만큼 능력 있는 개발자를 붙여주겠다는 의도도 있었다.

─디자인만 좋아서는 안 된다. 그 디자인이 쓸모가 있기 위해서는 실제 모든 폰에서 구동되어야 한다. 그러니 실력 있는 개발자들, 능력 있는 디자이너들이여, 서로 만남을 가져라.

쿠글사가 대회를 통해 전하고 있는 메시지였다. 대회에서 우승한 앱은 쿠글사의 앱 스토어 전면에 일주일간 노출해 주며 총상금도 5억 원에 달하는 규모 있는 대회였다.

'이거 쉽지 않겠는데……'

쉽지 않은 정도가 아니었다. 핸드폰 하나하나에 일일이 소스를 포팅(소스 업로드 행위)하고 제대로 구동되는지 테스트를 진행해 봐야 했다.

유소현이 말하기로는 이제 대회까지 두 달 남짓, 이대로는 앱을 완성할 수 있을지도 의문이었다.

문제는 한 가지만 있는 것이 아니었다. 앱만이 아닌 서버 쪽도 약간의 수정이 필요했다. 화면이 바뀌면서 표현되는 데이터의 종류와 형태도 조금씩 수정되었다.

그에 따라 앱과 서버 간의 프로토콜을 재정의하는 작업이 필요했고, 그에 따라 앱에서 호출하는 서버 API를 손볼 필요가 있었다.

그러나 인력이 부족했다.

"서버도 수정이 필요한데, 현재 S몰에는 사람이 부족하다고요?"

"네. S몰 개발팀 쪽에서는 안정화 기간에 그런 대규모 업데이트를 위한 인력 지원이 불가하다고 하네요."

"제가 지금 서버까지 수정하기에는… 현실적으로 불가능한데."

용호의 표정도 심각해졌다. 프로젝트가 난관에 봉착했다. 앱이 출시되어야 거기에 포함되어 있는 프로젝트 OH도 빛을 볼 수 있었다. 그 뒤 반응을 보고 웹에도 적용하자는 전략이었다.

"그러면 할 수 없죠. 외주를 써야지."

상황을 처음부터 지켜본 허지훈의 한마디였다. 그러나 허지훈의 말은 금세 유소현에게 가로막혔다.

"위에서 외주는 안 된다고 했다니까요."

유소현이 날카롭게 지적했다. 그렇지 않아도 어려운 상황, 모두가 예민해져 있었다.

"그러면 경력으로 사람 몇 명을 아예 뽑으면 될 것 아닙니까."

"사람 뽑는 게 쉬웠으면 진작에 뽑았죠."

유소현도 사람을 뽑으려 시도한 적이 있었다.

그러나 실패했다. 몇 가지 큰 문제가 있었지만 가장 큰 문제는 개발자에게 요구하는 사항이었다.

—java, html, css, jquery와 같은 웹 언어에 능통
—인드로이드, GOS와 같은 모바일 플랫폼 익숙
—최소 세 개 이상의 커스터 마이징 뷰 제작 경험
—클라이언트에서 서버까지 유경험자
—자신이 작성한 소스에 대한 최적화 가능자(O2에서 O6까지 동일하게 돌아가야 함)
—하드웨어에 대한 전문 지식 환영

내용만 보면 만능 개발자를 원하고 있었다. 한국에서 이런

개발자를 찾기란 하늘의 별 따기였다. 그건 외국이라 해도 다를 바 없었다.

그만큼 유소현이 원하는 개발자의 수준은 하늘 저 위 우주에 가 있었다. 디자이너다보니 개발에 대한 무지에서 비롯된 일이었다.

"용호 씨가 주축이 되고, 서포트를 해줄 인원 3명 정도면 되지 않겠어요?"

"…한 명이 서버 쪽 수정하고 나머지 한 명이 테스트를 수행하고, 또 한 명이 클라이언트 쪽을 부사수의 개념으로 같이 봐주면 가능할 것 같기도 한데……"

머릿속으로 셈을 굴려보던 용호도 허지훈의 말에 동의했다. 세 명 정도만 있다면 두 달이라는 기간을 맞출 수 있을 것 같았다.

*　　　　*　　　　*

허지훈이 정단비와 독대를 하고 있었다. 하고 싶은 말이 많아 보였지만 허지훈도 회사 생활을 허투루 한 것만은 아니었다.

"그래서 사람을 뽑으려고 합니다."

"유소현이 별다른 행동은 안 하고요?"

"네. 일적인 이야기 외에 별다른 말은 하지 않았습니다."

"흠······."

"이렇게까지 신경 쓸 필요가 있을까요?"

허지훈은 정단비의 행동이 이해가 가지 않는다는 듯 물었다. 사원 개발자 한 명에게 이렇게까지 신경 쓰는 정단비가 이해되지 않았다. 프로그램을 만들고 코딩을 할 줄 아는 사람들은 널리고 널렸다.

지금 당장에 전화만 하면 수십 명의 개발자를 구할 수 있었다.

실력이 좋다?

실력이 좋은 개발자도 마찬가지였다. KOSA(한국 소프트웨어 산업 연합) 등급으로 고급 개발자도 일을 구하지 못해 난리였다.

"앞으로도 혹시나 디자인팀에서 용호 씨에게 접근하지 못하게 해주세요."

허지훈이 디자인팀에 함께 파견을 간 이유에는 용호도 관련이 있었다. 물론 프로젝트 OH의 콘셉트와 방향에 대한 설명, 그리고 디자인에 대한 참여 명목도 있었지만 용호도 빼놓을 수 없는 이유였다.

"······."

"디자인팀장 아시죠? 정진훈 사장이 데려온 사람입니다. 어떤 생각을 하고 있을지 알 수 없어요."

정단비가 조용히 말했다.

정진훈이 데려온 디자인팀장, 정단비가 불안을 느낄 수밖에 없었다.

*　　　　*　　　　*

허지훈이 용호에게 서류 봉투 하나를 넘겨주었다. 외주 쪽을 꽉 잡고 있는 허지훈이 순식간에 이력서 50개를 넘게 가져온 것이다. 두툼해 보이는 봉투가 양을 짐작하게 했다.

"용호 씨가 같이 일할 거니까 여기서 한번 찾아보세요."

봉투를 넘겨받은 용호는 만감이 교차했다. 이력서를 내던 사람에서 이력서를 검토하는 사람이 되기까지, 주마등처럼 스쳐 지나갔다.

"네. 한번 훑어보겠습니다."

용호가 봉투에서 한 장씩 이력서를 꺼내 보았다. 다양한 이력을 가진 사람들이 눈에 들어왔다.

한 사람, 한 사람 찬찬히 보았지만 쉽게 선택할 수가 없었다.

'응?'

몇몇 이력서 이름 끝에 빨간색으로 X 표시가 되어 있었다. 모든 이력서에 표시되어 있는 것도 아니었다.

'딱 세 명만 그러네.'

허지훈이 건네준 이력서 52장 중에서 딱 세 장에만 X 표시가 되어 있었다. 느낌이 싸한 것이 좋지 않았다.

마침 세 명이 필요했다.

용호는 그 세 장의 이력서를 따로 빼두었다.

"허 과장님, 여기 이력서 골랐습니다."

용호가 이력서를 건네주자마자 허지훈이 용호가 건넨 이력서를 잽싸게 잡아챘다. 그러고는 가타부타 말도 없이 바로 세절기에 이력서를 집어넣었다.

드륵. 드르륵. 세절기는 게걸스럽게 이력서를 집어삼켰다.

"지금 뭐 하시는 겁니까!"

"다른 분으로 다시 찾아보세요."

언성이 높아진 용호와는 달리 허지훈은 침착했다. 어떠한 동요도 보이지 않았다. 그저 당연히 해야 할 일을 한 듯 보였다.

"지금 뭐 하시는 거냐고 물어봤잖아요!"

"저는 정 팀장님과는 다릅니다. 여기가 어디라고 생각하는 겁니까? 회사 내에서 과장에게 소리를 지르는 사원이라니, 뭐 하는 짓이죠?"

용호의 눈은 세절기에 가 있었다. 자신이 낸 수십 장의 이력서들도 아마 세절기에 들어갔을 것이다.

아니, 아마 출력되지도 않아 세절기에 들어갈 기회도 얻지 못한 채 바로 컴퓨터의 휴지통으로 삭제되었을지도 몰랐다.

접대도 받아보고, 이력서도 받아보고. 용호는 현재 자신이 있는 곳의 위치가 다시금 실감 났다.

"......"

"어차피 실력도 능력도 없는 사람들입니다. 이 친구들 말고도 많으니까, 그 시간에 다른 사람들 살펴보도록 하세요."

용호는 분명 결심했다.

스스로가 용납할 수 없는 상황에 끌려 다니지 않겠다고.

이제 그럴 만한 능력도 충분히 갖추었다.

그럴 능력이 없다면 왜 디자인팀장이나, 재벌가의 자제인 정단비 팀장이 자신을 그렇게 애타게 찾겠는가.

용호는 책상 위에 놓여 있던 이력서 전부를 집어 들었다. 그러고는 허지훈이 한 것처럼 이력서를 모두 세절기에 집어넣었다.

드르륵. 드륵. 드르르륵.

한 번에 50장을 소화하기 힘이 드는지 세절기가 괴성을 토해냈다. 천천히 용호가 전달받은 이력서 50장이 세절기 안으로 모습을 감췄다.

용호를 바라보는 허지훈의 눈빛이 심상치 않았다. 주먹을 꽉 쥔 오른손이 금방이라도 움직일 듯 움찔거렸다.

"죄송한데 저한테 다른 사람을 살펴볼 시간이 없어서요."

"…더 이상의 이력서는 없습니다."

"그러면 그 세 분을 모시면 되겠네요."

"저는 정 팀장님과는 다르다고 분명 말씀드렸을 텐데요. 사람 말을 못 알아듣는 겁니까?"

"……"

"분명 이력서를 줬고, 용호 씨가 없앴으니 이제 알아서 하시죠."

어이없다는 듯 허지훈이 웃으며 말했다.

'내가 못 할 줄 알고.'

고생문이 훤하게 보였지만 지지 않을 것이다.

＊　　　＊　　　＊

테스트는 디자이너들이 함께 도와주었다. 서버 수정도 이미 구축된 서버에 API만 추가하면 되기에 어렵기는 하겠지만 할 수는 있었다.

가장 큰 문제는 성능 최적화였다.

간단한 터치나 슬라이드는 크게 차이를 보이지 않았지만, 디자인 어워드에 출시되는 앱들이 갖추어야 할 최소 요건인 '머테리얼 디자인'의 개념이 들어가 있어야 했다.

머테리얼 디자인의 핵심은 평면에 표현된 디자인이 현실의 공간처럼 사용자들에게 다가가야 한다는 것이었다. 이를 위해 조명이나 그림자와 같은 효과들로 UI에 질감이 표시되어야 했다.

이러한 효과들이 추가되면서 앱을 무겁게 만들었다. 특히나 개발자와의 조합도 보는 만큼, UI가 화려할수록 점수는 높게 채점되고 있었다.

'O1에서도 돌아가야 된다니······.'

O1은 O6에 비하면 램에서 CPU까지 큰 차이를 보이는 제품. 두 핸드폰에서 모두 동일한 속도로 돌아가게 만든다는 것이 예삿일이 아니었다.

'일단은 구현을 해놓자.'

속도가 느리더라도 일단 만들어야 한다. 구현조차 되어 있지 않으면 출품도 할 수 없기에 용호는 우선 구현에 초점을 두고 개발을 해나갔다.

몇몇 완성된 화면을 테스트해 주던 디자이너가 조용히 중얼거렸다.

"너무 느린데······."

핸드폰을 보는 얼굴이 딱딱하게 굳어 있었다. 이미 예측하고 있던 문제가 발생한 것이다.

O6에서는 부드럽게 돌아가는 UI가 O1에서는 뚝뚝 끊기고 있었다. 터치에서부터 이동까지··· 사용하기 어려울 정도는 아니었지만 눈으로 봐도 확연한 차이가 발생했다.

"······."

용호가 버그 창을 한번 살펴보았다.

분명 성능 상에 비효율이 있는 경우 안내를 해주었기에 기대감을 가지고 있었다.

그러나 텅 빈 버그 창에는 아무런 안내도 나타나 있지 않았다.

'문서도 확실하게 작성이 되어 있는데.'

UI 프로그램에 대한 설계 문서도 이상이 없었다.

'코드는 최적화가 되어 있다는 건가.'

몇 번을 고민해 보았지만 결론은 '아니다'였다. 언젠가 미국 나사의 이야기를 들은 적이 있었다.

―보이저 호에 탑재된 컴퓨터의 사양은 RAM 4KB, ROM 6KB, 그리고 CPU는 1.6MHz 8비트의 컴퓨터를 탑재하고 자동 항행, 자세 제어, 에러 수정, 스케줄 관리, 촬영, 기록, 통신 등등 수많은 기능을 관리합니다.

최적화의 갑.

최적화의 종결자.

최적화의 끝판왕.

등등 무수한 수식어가 붙는 나사의 사례가 존재했다. 분명히 이것이 끝이 아닐 것이다. O1의 사양은 RAM만 해도 512MB에 CPU는 1GHz가 넘는다. 하드웨어부터 수백 배가 넘는 성능을 보유하고 있었다.

'방법이 있을 거야.'

언제나 그렇듯 더 많은 시간을 들여 찾아보고, 시도하고, 다시 찾아보는 수밖에 없었다.

용호를 볼 때마다 유소현은 자신의 과거를 떠올렸다.

지독한 노력가.

디자인팀장이라는 자리에 우연히 발탁되기까지 얼마나 무수한 밤이슬을 맞아야 했던가.

잠을 자는 것은 꿈속에서 가능했고, 연애는 사치였다.

그저 디자인 하나만을 생각하며 지금껏 달려왔다. 그러다 우연한 기회에 정진훈의 추천으로 신세기 디자인팀장이 된 것이다.

"괜찮아요?"

용호가 고개를 뒤로 젖히고 코를 막고 있었다. 미처 막지 못한 피 한 방울이 검은색 키보드를 붉게 물들였다.

"아직은 괜찮습니다."

"제가 너무 무리한 일을 하는 건 아닌지… 모르겠네요."

"저한테도 도움이 되니까요. 그렇지 않았다면 저도 하지 않았을 겁니다."

코에서 나온 피가 휴지를 다 적시려 하자 유소현이 손수건을 꺼내 들었다. 손수건에는 화려한 무늬들이 수놓아져 있었다.

"넘치겠어요. 여기……."

"아, 감사합니다."

손수건의 향긋함 때문인지, 용호의 코도 점차 진정세를 보였다. 그리고 다시 일이 시작되었다.

NDK.

용호가 검색 끝에 찾아낸 키워드였다. 설계 문서에도 언급이 되어 있지 않아서인지 버그 창에서 안내를 받을 수가 없었다.

자바로 만들어진 소스는 가상머신을 거쳐 네이티브 코드로 변환되어 실행된다. NDK로 만들어진 소스는 가상머신을 거치지 않고 실행되기에 성능이 향상되는 원리였다.

'찾았어!'

용호의 두 눈에 희열이 묻어났다. NDK를 사용한다고 해서 원하는 결과가 도출될지는 아직 알 수 없지만 어느 정도 방향이 보인 것이다.

한쪽 코를 휴지로 막은 채 용호는 다시 키보드를 두드리는 데 열을 올렸다.

＊　　　　＊　　　　＊

APK를 업로드하시겠습니까?
확인. 취소.

"어서 누르세요."

용호가 마우스를 움직여 확인을 클릭했다. 진행 중이라는 안내가 나타나고 얼마 지나지 않아 앱이 업로드되었다.

쿠글 디자인 어워드.

그리고 스토어에도 동시에 업로드시켰다. 이걸로 용호의 디자인팀 파견도 마무리되었다.

"이제 결과만 기다리면 되는 건가요?"

"네."

허지훈은 이미 스마트 쇼핑 전략 기획팀으로 돌아가 있었다. 용호도 업로드가 마무리되면 돌아가기 위해 노트북을 제외한 짐은 옮겨놓았다.

"그간 수고하셨습니다."

"용호 씨가 고생이 많았죠."

대표로 유소현과 악수를 나누었다. 여전히 진한 장미 향이 자극적으로 다가왔다.

"결과 나오면 알려주세요."

"네."

"그럼, 일어나 보겠습니다."

용호가 노트북을 챙겨 자리에서 일어났다.

*　　　　*　　　　*

01.

한국의 오성전자에서 만든 인드로이드 OS를 탑재한 핸드폰의 초기 모델이었다. 이제는 시장에서 찾아볼 수도 없었다.

"O1까지 커버하는 디자인이라고?"

O1은 한국뿐만이 아니라 세계에서 돌풍을 일으키며 팔려 나간 핸드폰으로 일종의 상징적인 제품이었다. 현재도 그 시리즈는 이어져 O6까지 출시되어 있었다.

"네. 심사위원들도 신기한지 눈을 떼지 못하고 있습니다."

"도대체 어떤 놈이 그런 데서 돌아가는 걸 만든 거야."

"보니까 한국에서 왔던데요. 친절하게 핸드폰까지 함께 보냈습니다."

"어디 한번 확인해 보지."

쑨다 피치.

쿠글 부사장.

확인해 보겠다고 하는 남자의 이름이었다.

＊   ＊   ＊

정진용은 팸플릿 하나를 보고 있었다. 앱에 대한 설명이 잔뜩 적힌 것으로 S몰 업데이트 사항이 빼곡히 적혀 있었다.

그중 가장 강조되는 것이 프로젝트 OH, 새로운 기능에 대한 설명이었다.

"그래, 앱이 출시됐다고?"

"네. 회장님."

"현재 온라인 시장에서 점유율이 어떻게 되지?"

"10위… 입니다."

"어떤가? 과연 정단비 팀장이 추진 중인 프로젝트가 성공할 것 같은가?"

정진훈이 곤란한 듯 선뜻 대답하지 못했다.

"뭐, 두고 보면 알게 되겠지."

앱은 출시되었고 이제 하늘의 뜻에 맡길 시간이었다.

＊　　　＊　　　＊

"그동안 수고했어요."

"아닙니다."

"현재 매출은 얼마나 되나요?"

"저희 시스템에서 발생하는 게 400억가량? 그래도 열 배가 늘었습니다."

정단비가 약간 아쉽다는 듯 말했다. 앱을 출시하고 분명 반응이 오고 있었다. OH 시스템에서 발생하는 매출만 10배가 늘었다.

"아직 3배는 더 늘어야 하네요."

"이제는 마케팅과 제품의 힘이죠. 그동안 개발팀이 고생했으니 기획팀이 고생할 차례입니다."

"네."

지금까지 용호가 겪었던 수고로움을 충분히 알고 있었기에 정단비는 용호의 부담을 덜어주고 싶었다.

"다시 돌아와 줘서 고마워요."

"…당연히 돌아와야죠."

정단비는 조금씩 불안함을 느꼈다. 혹시나 팀을 떠난 용호가 어디론가 날아가 버릴 것 같았다.

그럴 수 있을 만큼의 충분한 능력을 갖추고 있었다. 그리고 용호가 능력을 보일 때마다 그를 원하는 곳은 늘어만 갔다.

＊　　　　＊　　　　＊

"이번에는 G1에서 돌아가는 디자인이 나왔다고?"

쑨다 피치가 놀랍다는 듯 중얼거렸다. G1은 인드로이드가 세상에 발표될 때 사용되었던 폰, O1보다 더 예전의 핸드폰이었다. 용호가 만든 화면이 깨지는 듯한 UI는 그대로 넣으면 제대로 돌아가지도 않았다.

하드웨어 자체도 성능이 떨어졌고 OS도 초기 버전으로 각종 버그에 시달리고 있을 때 출시된 핸드폰이었다.

"네. 저도 보고 놀랐습니다."

"디자인이 아주 간단한 거 아냐?"

"그게 그렇지도 않다는 게 더 신기한 일입니다. 화면이 4등분되어 각각의 영역에서 다르게 디졸브되는데… 보시면 아시겠지만 무척 화려합니다."

"그 친구는 이름이 어떻게 되는데?"

"디자이너 이름이 조나단 하이브, 개발자 이름이 제프 던이라고… 혹시 들어본 적 있으십니까?"

"아니 처음 듣는 이름인데… 그래서 순위는 다 정해졌나?"

"네. 최종 확인해 보시죠."

"알았네."

남자가 A4용지를 한 장 건넸다. 그곳에는 쿠글 디자인 어워드의 수상자가 차례대로 적혀 있었다.

유소현이 아침부터 스마트 쇼핑 전략 기획팀이 있는 사무실로 찾아왔다.

"용호 씨!"

얼굴 한가득 기쁨이 만연한 것이 독거미라는 별명이 아니라 활짝 핀 장미 같았다.

자리에 앉아 있던 용호도 유소현을 바라보았다.

"확인해 봤어요?"

"네?"

"쿠글사에서 발표한 디자인 어워드 수상작 확인해 봤어요?"

"아, 아니요."

유소현은 기쁨이 주체가 안 되는지 갑자기 두 팔을 벌려 용호를 끌어안았다.

'윽…….'

유소현이 항상 사용하는 진한 장미 향이 엄습했다.

아찔했다.

유소현이 용호를 끌어안은 채 말했다.

"저희가 우수상이에요. 우수상!"

사무실에 있던 사람 모두가 유소현의 말에 귀를 기울였다. 그럴 수밖에 없을 만큼 사무실이 떠나갈 듯 목소리가 컸다.

'그, 그렇게 기쁜가.'

용호는 너무 기뻐하는 유소현이 사실 이해가 되지 않았다. 유소현은 비록 나이는 어리지만 신세기의 디자인팀장으로 올 만큼의 실력자였다.

쿠글사가 세계 최고의 기업 중 하나라지만 대상도 아닌 우수상이 이렇게나 기뻐해야 하는 일인지 잘 이해가 되지 않았다.

"고마워요. 너무, 고마워요."

왈칵.

유소현이 고개를 숙이더니 갑자기 눈물을 쏟아냈다. 앞에 있던 용호는 어찌할 바를 모르고 그저 유소현을 안은 채 가만히 서 있을 뿐이었다.

29살의 나이.

디자인팀장이라는 자리.

결코 쉬운 일이 아니었다.

정진훈의 의지가 아니었다면 일어나지 않았을 일이었다.

유소현은 혁신이라는 이름으로 단행되고 있는 신세기 내부 변화 중 하나였다.

정단비가 손석호를 전격 발탁한 것처럼 정진훈도 인재에 관심이 많았다. 그러던 중 디자인 쪽에서 유소현을 발탁한 것이다.

처음에 유소현은 부푼 꿈이 있었다.

팀장으로서 신세기에서 멋진 디자인을 선보이는 것.

그러나 현실은 녹록하지 않았다.

자신 보다 나이 많은 팀원들의 은근한 반발과 보수적인 의사결정 체계는 유소현으로 하여금 회의감에 빠지도록 만들었다.

디자인 시안은 전문가의 의견보다 임원들의 입김이 더 많이 들어간 채 변경되었고, 디자이너로서의 자존감은 떨어져만 가고 있었다.

내면이 썩어갈수록 외면은 예민해져만 갔다.

독거미.

유소현은 점차 디자인보다는 회사에서 살아남기 위해 독을 품고 있었다.

그러던 중 용호를 만나게 되었다.

"하하, 우, 울지 마세요."

용호가 어색하게 웃으며 유소현의 등을 두드렸다. 도대체 왜 이렇게까지 격렬하게 반응하는지 궁금할 따름이었다.

그러나 용호로써는 알 수 없는 일, 고개를 숙이고 있던 유소현이 천천히 얼굴을 들었다.

커다란 눈망울이 마치 사슴을 연상케 했다.

"같이 가요."

"네?"

안 그래도 당황스러움에 살짝 붉은빛이 돌던 용호의 얼굴이 새빨간 사과로 변했다.

"시상식이 캘리포니아에 있어요."

"아……."

이미 한번 다녀온 적이 있었다. NetFlax Prize 때 다녀왔던 곳, 그곳에 다시 가게 생겼다.

뒤에서 지켜보던 정단비의 표정이 왠지 착잡해 보였다.

＊　　　　＊　　　　＊

정진용이 보고를 받고 있었다. 진중한 가운데 옅은 미소를 띠고 있는 것이 뭔가 좋은 일이 있어 보였다.

"디자인팀에서 한 건 했구먼."

"네. 다음 주에 시상식 참가로 미국에 간다고 합니다."

"이용호의 비중이 적지 않았다고 들었네만."

"쿠글에서 개최한 디자인 어워드라는 게 해당 디자인의 실용성에 대해서도 본다고 합니다. 실용성의 판단 기준이 성능이 떨어지는 하드웨어에서 돌아가는지의 여부로 결정되는 거라 개발자에게도 함께 상을 수여한다고 합니다."

"그래, 다들 수고가 많군."

보고서를 읽으며 정진용이 고개를 끄덕였다. 그러고는 나지막이 비서실장을 불렀다.

"비서실장."

"네."

"그런데 이용호가 NetFlax에서도 우승을 했다고 하던데 왜 모르고 있었지?"

순간 비서실장의 호흡이 정지되었다고 해도 믿을 만큼 안색이 창백해졌다. 입술을 꾹 다문 것이 자신의 미래를 예견이라도 한 듯 보였다.

"자네 올해로 몇 년 찬가?"

"…8, 8년 됐습니다."

"수고했네. 나가는 길에 비서실 전부 대기 발령 시키라고 인사팀에 전하게."

"……."

비서실장이 나가지 않고 서 있자 정진용이 보고서에서 눈을 떼고 물끄러미 쳐다보았다.

정진용의 시선에 비서실장은 다리가 후들거리는 것을 겨우 참고 있었다.

"제… 제 개인의 일입니다."

"나가라는 말 안 들리나?"

다음 날, 50여 명에 달하는 비서실 인원들이 업무 태만이라는 이름으로 대기 발령에 들어갔다.

*   *   *

누군가가 회사를 떠나갈 때, 용호도 다시 한국을 떠나 미국 땅, 정확히는 캘리포니아 주를 밟았다.

NetFlax Prize를 받을 당시에는 전적으로 버그 창의 능력으로 상을 탔다 해도 과언이 아니었다. 그러나 지금은 아니었다.

버그 창의 능력도 있지만 용호 스스로의 실력이 상을 타는데 큰 기여를 했다. 되도록 버그 창을 사용하지 않고자 노력했고 조금씩이지만 변화가 보이고 있었다.

'버그 창은 언제든지 사라질 수 있으니까.'

용호가 상념에 잠겨 있는 사이, 함께 테이블에 앉아 있던 유소현이 용호 쪽을 바라보았다.

"무슨 생각을 그렇게 해요?"

"아… 오늘따라 팀장님이 참 예쁘다는 생각을 했습니다."

용호가 정말 감탄했다는 듯 약간은 과장된 몸짓을 섞어가며 말했다. 사실이기도 했다. 유소현은 수상식 참가를 위해 평소보다도 멋을 부린 상태였다.

깊게 파인 드레스와 흘러내리는 옷 사이로 보이는 매끈한 다리가 시선을 집중시켰다.

"그, 그래요?"

홍조를 띠는 유소현을 용호는 그저 웃으며 바라볼 뿐이었다. 아무리 대차게 행동하고 싸늘해 보여도 여자구나, 하는 생각으로.

시상식은 곧 시작되었다.

용호는 이미 한 번 경험을 해서인지 크게 긴장되지 않았다. 더구나 지난번보다 들리는 영어가 많았다.

종종 알아듣지 못할 농담에 사람들이 따라 웃을 때마다 난감하긴 했지만.

'나만 안 웃긴 건가…….'

심지어 옆에 앉아 있는 유소현도 미국식 농담을 알아들었는지 깔깔거리며 웃어보였다.

'영어는 많이 부족하구나.'

그래도 대상자의 이름은 똑똑히 들렸다.

제프 던.

G1폰에서도 최적화를 이룬 사람.

수상식에서 본 대상 작품은 놀랍기 그지없었다.

디자인에 표현된 입체감은 참석자 모두의 입을 다물지 못하게 만들었다. 그것이 G1에서 돌아간다는 것이 더욱 기적적으로 느껴졌다.

개발 당시 G1은 생각도 하지 못하고 있었다. 시상식에 전시되어 있는 G1폰을 이용하여 자신의 앱을 다운로드해 보았다.

—알 수 없는 오류가 발생했습니다.

그러고는 바로 다운되어 버렸다.

'도대체 얼마나 최적화를 한 거야.'

놀라움에 제프 던에게서 눈을 떼지 못했다. 얼굴이 전체적으로 긴 것이 말상이었다. 수염 한 점 없이 턱은 깔끔하게 면도되어 있었다. 그리고 그 옆에 민머리의 남자가 서 있었다.

"저 사람이 조너선 하이브예요."

유소현이 동경 어린 눈빛으로 쳐다보고 있었다. 디자인계에서는 꽤 유명한지 몰라도 처음 보는 사람이었다.

대상자로 호명된 두 사람이 나와 환하게 웃음 짓고 있었다.

'인사라도 해야겠지.'

세계 최고의 프로그래머.

용호가 보기에 손석호보다 대단해 보였다.

용호가 먼저 다가가 인사했다. 제프 던도 우수상을 받은 용호를 알고 있는 듯 보였다.

"인상 깊었어요."

유소현은 조너선 하이브의 옆에서 떨어질 줄을 몰랐다. 제프 던이 뭐라고 말을 많이 했지만 용호는 대부분 알아들을 수가 없었다.

그중 인상적이었다는 말을 겨우 알아들었다.

제프 던이 너무 많은 사람들에게 둘러싸여 있었기에 더 이상 이야기를 나눌 시간도, 기회도 없었다.

용호는 페이드북에 친구 추가하는 것으로 만족해야 했다.

유소현은 여운이 가시지 않는 것 같았다.

"진짜 믿을 수가 없네요. 하아… 말도 안 돼."

"그, 그 정도인가요?"

용호의 말에 유소현이 검지를 흔들었다.

"그 정도가 아니에요. 디자인계의 세종대왕 급입니다."

"…그나저나 공식 일정이 끝났으니 팀장님은 뭐 하실 건가요? 저는 만나볼 친구가 있어서요."

용호는 이왕 온 김에 오랜만에 데이브와 약속을 잡았다. 더구나 이번에는 쿠글에서 디자인 상을 받았다고 하자 용호보다 흥분된 모습을 보였다.

"영어도 제대로 못하시는 분이… 혼자 갈 수 있겠어요?"

유소현의 염려스러운 말에 용호가 머쓱해했다. 유소현이 미국에 와 놀란 점은 조너선 하이브를 만난 것만이 아니었다.

기대 이하의 영어 실력을 보이는 용호.

지금까지 만난 어떤 개발자보다 출중한 개발 능력을 갖추고 있었기에 영어 실력 역시 뛰어날 줄 알았다.

그러나 아니었다.

오히려 기대 이하였다.

"같이 가주시면 저야 좋지요."

그렇게 둘은 데이브와의 약속 장소인 시내의 한 식당으로 향했다.

"용호!"

훤칠한 백인 남자가 용호에게 달려들었다.

데이브.

다른 사람들이 보면 게이라고 오해해도 할 말이 없을 법한 상황이었다.

"자, 잠깐만 이것 좀 놓고."

용호가 숨이 막히는지 목을 감싸고 있는 데이브의 팔을 떨어뜨리려고 했다.

그러나 키에서부터 10㎝가량 차이 나는 상황, 한동안 그 상태를 유지할 수밖에 없었다.

"옆에는 여자친구?"

데이브가 흥미로운 눈길로 유소현을 쳐다보았다. 데이브와 함께 바늘과 실처럼 붙어 다니는 제시와 제임스 역시 눈을 빛냈다.

"아, 아니야."

용호가 다급하게 손사래를 치며 유소현의 눈치를 살폈다. 혹시나 기분이 상했을까 걱정되었다.

"그렇게 봐주셨다니 오히려 제가 영광인데요?"

이번에는 유소현이 중간에서 통역 역할을 해주었다. 그렇게 오랜만에 만난 일행은 그간의 그리움을 풀어헤치며 담소를 나누었다.

"용호, 생각해 봤어? 내가 추천서를 써주면 바로 입사될 거야. 더욱이 용호 정도의 실력이면 내 추천서가 필요 없을지도 모르지."

데이브가 다시금 미국으로의 취업 이야기를 꺼내 들었다. 용호보다 옆에 앉은 유소현이 오히려 더 관심을 가지는 눈치였다.

용호가 앞에 놓인 화이트 와인을 한 모금 머금었다.

"미국은 어때? 여기에 오면 지금보다 실력이 늘까?"

"실리콘밸리, 전 세계 최고의 브레인들이 모이는 곳이야. 프로그래머라면 누구나 꿈꾸는 곳. '실력이 늘지?'가 아니라 더 이상 늘어날 실력이 없는 사람들이 있는 곳."

"……."

데이브의 말에 용호도 반박할 수 없었다. TV에서만 보던 실리콘밸리에 와 있었다.

실리콘밸리에서 성공한 기업들에 대한 학창시절의 환상이 이제는 꿈이 아니었다.

"잘 생각해 봐. 용호는 아직 젊어, 무궁무진한 가능성이 있다고. 결코 너의 능력을 과소평가하지 않았으면 좋겠어."

용호가 아무 말 하지 않은 채 다시금 와인 한 잔을 들이켰다. 옆에 있던 유소현도 옆에 앉아 있는 용호를 지긋이 바라볼 뿐이었다.

*　　　　*　　　　*

개발이 완료되고 서비스가 출시되었다고 해서 일이 끝나는 것은 아니었다.

특히나 그것이 대고객 서비스, 거기서도 최전선인 클라이언트 부분이라면 안정화 기간이 필요했다.

더구나 나대방에게 엄청난 개발 로드가 걸리는 상황, 나대방이 원망스러운 눈빛으로 용호를 바라보았다.

"서, 선배님!"

팀으로 돌아온 용호를 가장 반긴 것은 나대방이었다. 용호가 개발한 것에는 실수로 오타를 치거나, 다른 사람과 개발

부분이 겹치거나 하지 않는 이상 버그가 발생하지 않았다.

그러나 나대방이 개발한 라이브러리는 아니었다. 프로젝트 OH의 핵심이 되는 라이브러리였으나 사용자가 많아지면서 버그들이 나타나고 있었다.

용호도 UI 개발에 매진하느라 나대방이 만든 라이브러리까지는 신경 써줄 여력이 없었다.

"그, 그래요. 같이 해봐요."

"제가 벌써 한번 봐드렸지요. 그런데 다시 디자인팀으로……."

나대방의 눈에서 불꽃이 튀었다. 용호가 몇 번이고 다시는 파견을 가지 않겠다고 말하고 나서야 나대방을 진정시킬 수 있었다.

―쿠글 디자인 어워드 수상작
―마음을 사로잡는 디자인, 고객을 사로잡다
―옷을 직접 입어볼 수 있는 온라인 쇼핑몰 S

용호가 사무실에서 고군분투하는 사이 신세기도 S몰에 대해 적극적인 마케팅을 펼쳤다.

S몰의 기능을 업데이트하는 데 들인 비용은 인건비와 각종 잡비를 포함해 5억도 들지 않았다.

그러나 마케팅을 진행하는 데 들인 비용이 50억. 거기서 절반은 유명 연예인의 CF 출연료였다.

"쩝. 이걸 개발하는 데 5억 정도 들었는데 광고하는 데 50억이라니… 이상하지 않아요?"

손석호가 스마트폰에 나오는 광고를 보며 물었다. 함께 있던 나대방이나 용호도 화면 속 광고를 보고 있었다.

이름만 들으면 알 법한 연예인이 아름다운 자태를 뽐내고 있었다.

"개발비가 5억인데, 광고가 50억이라… 확실히 주와 부가 바뀐 것 같기는 하네요."

나대방이 커피를 홀짝거리며 답했다.

"그래도 이분 덕분에 사용자가 팍팍 늘고 있잖아요?"

용호의 말대로 S몰의 사용자도, 매출도 확연히 늘고 있었다. 연예인의 광고 효과 덕분인지, 상 받을 만큼의 뛰어난 디자인 덕분인지, 그 뒤에 숨은 개발자들의 노고 덕분인지는 확실치 않았지만 OH 시스템을 통해 발생되는 매출이 늘고 있다는 사실만큼은 변함이 없었다.

이 추세라면 연말쯤에는 월 천억 달성도 무난할 듯싶었다.

"또 호출이네요. 올라가죠."

손석호가 전화를 받은 후 자리에서 일어났다. 사용자가 늘어난 만큼, 각양각색의 문제들이 발생하고 있었다. 용호는 다시금 일상에 젖어 정신이 없는 사이에도 '실리콘밸리'라는 단어가 머릿속에서 떠나지 않았다.

―그동안 감사했습니다.

라는 제목으로 한 통의 메일이 전 사원들에게 뿌려졌다. 발신자는 디자인팀장 유소현.

장문의 글은 퇴사를 하게 되었다는 내용을 담고 있었다.

"미국으로 가신다고요?"

"네. 용호 씨 덕분에 세계에서 통할 이력도 한 줄 생겼겠다, 더 이상 답답한 이곳에 있지 않아도 될 것 같아서요."

유소현은 속이 다 후련하다는 표정이었다. 대기업의 디자인실 팀장이라는 자리가 그동안 어떠했는지 알만 했다.

섭섭함보다는 시원함을 표현하는 유소현의 반응에 의아해하며 물었다.

"대기업 디자인팀 팀장이라는 자리가… 그리 유쾌하지만은 않으셨나 봐요?"

이미 수상이 결정되었을 때 연신 고맙다고 하는 유소현의 말에서 얼추 감은 잡고 있었다. 그런데 갑작스레 퇴사를 하게 될지는 몰랐다.

"낙하산으로 들어온 자리라 그런지… 이래저래 쉽지 않더라고요. 뭔가 배우고 얻는다기보다는 계속해서 소비당하는 느낌이랄까? 이번 기회에 디자인 스쿨에 입학해서 기량을 좀 더 갈고닦으려고요."

유소현은 단단히 결심했는지 조금의 여지도 두지 않았다. 그러나 유소현도 시원하기만 한 것은 아니었다.

　단 한 가지 아쉬운 점이 있었다.

　"언제든지 필요하면 말해요. 다시 함께 일해보고 싶으니까. 그리고 데이브 씨의 제안도 잘 생각해 봐요. 만약 오게 되면 저한테 제일 먼저 연락줘야 합니다."

　유소현이 용호를 향해 환한 미소를 지어 보였다. 순간 정신이 아득해지고 어지러워질 것 같았다.

　S몰을 광고하는 연예인에 비할 바가 아니었다.

　용호 자신도 모르게 고개를 끄덕이고 있었다.

　"마지막으로 악수나 한번 할까요?"

　맞잡은 손에서 느껴지는 촉감이 매끈했다. 놓고 싶지 않았지만 놓을 수밖에 없었다.

Chapter 5
미국으로

초원을 달리는 말은 쉽게 멈추지 못한다.

가속.

가속이 붙어서다.

사용자가 사용자를 불러와 가속을 더했다. 그렇게 모여든 사용자들이 매출을 발생시키고 있었다.

800억.

OH 시스템에서 발생하는 매출만 800억이었다. 현재의 추세대로라면 천억 달성은 무난할 그래프를 그리고 있었다.

정단비도 이제는 정진용의 품을 벗어날 수 있다는 달콤한 꿈을 꾸고 있었다.

"나가면 무얼 할 생각이냐?"

회장과 팀장이라는 관계로 대하던 정진용의 태도도 변해 있었다. 그 태도의 변화가 말투에서부터 드러났다. 한층 부드러워진 것이다.

"회사에서는 존대하라고 하시더니… 이제 와서 부모라 이건가요?"

날이 선 정단비의 말에도 정진용은 무표정으로 일관했다. 그저 묵묵히 바라볼 뿐이었다.

"추세를 보니 다음 달이면… 떠나겠구나."

아쉽다기보다는 서운해 보였다. 그러나 그건 정진용만의 감상이었다.

"……."

말에 담긴 감정을 읽었을까, 날카롭던 정단비도 조금 누그러졌다. 조용히 정진용의 말을 듣고만 있었다.

"이제 진훈이만 남았어."

"……."

그 순간에도 OH 시스템의 매출 그래프는 상승하고 있었다.

용호는 내심 연봉 상승을 기대하고 있었다.

정단비가 말했던 팀장의 자리에서 받게 될 연봉이 얼마쯤일까 하는 기대감이 있었다. 분명 지금보다는 상승할 것이다.

'얼마를 생각하고 있어야 할까. 손 수석님보다는 적을 테고,

얼마를 부르지?'

그렇게 나름 행복한 고민에 빠져 있었다. 집도 새집으로 옮기고, 능력도 매일매일 성장하고 있었다.

때로는 이렇게 행복해도 되나 싶을 정도로 좋았다.

메일을 확인해 보니 데이브에게 메일 답신이 와 있었다. 영문으로 보내서인지 메일이 스팸 메일함에 들어가 있었다. 바빠서 확인하지 못하다 보니 이미 일주일이 지나 있었다.

'12만 달러!'

용호의 눈에 가장 먼저 들어온 숫자였다. 우리나라 돈으로 1억 2천만 원가량, 현재 용호가 받고 있는 돈의 몇 배가 되는 금액이었다.

용호는 데이브에게 만약 가게 되면 연봉은 얼마쯤 받게 될 것인지 알아봐 달라 부탁했다. 그 답장이 도착한 것이다.

12만 달러.

그리고 프로그래밍의 본고장이라 할 수 있는 미국의 실리콘밸리에서의 생활.

용호의 고민이 깊어졌다.

그리고 결정했다.

*   *   *

1,000억.

OH 시스템을 통해 발생된 매출.

사내 매출 관리 시스템에 그 숫자가 뜨자마자 회식은 결정되었다.

"모두 수고하셨어요!"

정단비는 이보다 기분이 좋을 수 없다는 듯 즐거워하고 있었다. 어느 때보다 하이 톤을 유지하는 목소리와 업된 기분을 대변하는 과장된 행동들이 그걸 보여주고 있었다.

"자! 모두 원샷!"

계속해서 원샷을 외치며 용호는 처음 들어보는 이름의 양주를 털어 넣었다. 나대방에게 듣기로는 일반 마트에서는 구하기도 힘든 술이었다.

'나대방 씨도 심상찮아, 그런 걸 어떻게 알고 있는지.'

이러한 용호의 의문은 금세 머릿속에서 지워졌다. 정단비가 잔을 들고 용호에게 다가왔다.

"자, 고생한 우리 용호 씨도 한 잔 받아요."

정단비는 마치 아저씨라도 된 듯 잔을 들고 다니며 한 잔씩 팀원들에게 따라주었다.

용호도 정단비가 주는 잔을 받아 목구멍으로 털어 넣었다. 화끈한 기운이 1초도 되지 않아 식도를 타고 올라왔다.

"정말 고마워요."

훅.

유소현과는 다른 진한 페로몬의 향기가 알코올 냄새와 함께 밀려왔다.

1차는 한우에 양주.

2차는 가라오케였다.

청담동에 위치한 가라오케는 입구부터 그 위용을 자랑했다. 마치 용호에게 '네까짓 게 어딜 들어와'라고 말하는 듯해 발걸음이 잘 떨어지질 않았다.

화려한 가라오케.

그 안에서 돌고 있는 번쩍이는 조명 아래에서 정단비는 단연 빛나고 있었다.

정단비가 앞에 있던 잔을 들어 탁자에 세게 내려쳤다.

탕! 탕! 탕!

와자지껄한 분위기가 순식간에 조용해졌다. 다들 표정에서 혹시나 술주정을 하는 건 아닌지 염려가 가득했다.

"자! 중대 발표가 있겠습니다!"

정단비의 말에 노래를 하던 사람도 마이크를 내려놓고 가장 상석에 앉아 있던 정단비를 주목했다.

노래방 기기에서 흘러나오던 노래도 누군가의 조작에 의해 멈춰졌다.

"우리가 천억을 달성했습니다!"

짝.

짝짝짝.

모두가 취해 있었기에 누가 시작했는지 알 수 없었다. 그저 따라 할 뿐이었다.

그렇게 한차례 박수 소리가 지나가고 정단비가 발갛게 달아오른 양 볼을 힘껏 부풀렸다.

"이제! 우리가 신세기 내에서 할 수 있는 건 모두 해냈습니다."

화려한 대리석과 샹들리에 조명으로 치장된 가라오케 내부에서 입을 떼고 있는 것은 오직 정단비밖에 없었다.

모두 정단비를 바라보고 있었다.

"저는! 신세기라는 이름을 던지고 새롭게 시작할 것입니다."

정단비는 술에 취했지만 말은 한 치의 흐트러짐도 없었다. 알코올 향기가 가라오케 안을 휘감아 돌아서 그런지 마치 다들 약을 한 사람들처럼 몽롱해져 있었다.

정단비의 일반인 같지 않은 외모도 한몫하고 있음을 부정할 수 없었다. 여신과 같은 용모, 마치 고대 그리스 시대 전쟁 시작 전 축복을 내려주는 여신 같았다.

"로켓에 자리가 났습니다. 올라타십시오."

에릭 슈미츠가 셰릴 샌드버그를 영입할 때 비슷한 말을 했었다.

─로켓에 자리가 나면 일단 올라타세요.

정단비가 로켓을 만들려 하고 있었다.

*　　　　*　　　　*

　부모님을 설득하는 것은 생각보다 쉽지 않았다.

　외아들.

　노년의 부모님은 외아들인 용호의 미국행을 그리 쉽게 허하지 않았다. 같이 가려 해도 미국에 연고도 없는 부모님이 그곳에서 생활한다는 것은 불가능에 가까운 일, 결국 생이별을 해야 했다.

　"성공해서 꼭 다시 돌아올게. 얼마 걸리지는 않을 거야."

　이미 집안의 가장 노릇을 하고 있었다. 은행에 쌓여 있던 빚을 청산하고, 서울 시내 좋은 집까지 마련한 용호의 능력에 부모님도 어렵지만 할 수 없이 허락하셨다.

　손석호의 반응은 생각했던 것과 비슷했다.

　"더 재밌을 것 같은 곳, 더 용호 씨에게 도움이 될 것 같은 곳으로 가세요."

　너에게 도움이 될 것 같은 방향으로 가라. 언제든 돌아올 자리 정도는 만들어놓고 있겠다.

　용호를 태어나게 해준 사람이 부모님이라면 손석호는 사회에서 용호를 다시 태어나게 해주었다.

　그리고 지금도 마치 부모님처럼, 너를 믿고 기다리니 무엇이든 네가 하고 싶은 일을 하고 힘들거나 지칠 때 돌아와도 된다며 용호의 어깨를 두드리고 있었다.

말로 표현할 수 없는 고마움.

이제 마지막 차례인 정단비를 만날 시간이었다.

정단비가 정색을 하는 모습은 흔치 않았다. 아무 말도 하지 않은 채 용호를 쳐다보고 있었다. 안색이 딱딱하게 굳은 것이 절대 허락지 않을 듯 보였다.

"안 됩니다."

"팀장님."

"그쪽에서 제안한 게 얼마입니까? 얼마를 불렀든 그것보다 많은 금액을 약속하죠."

정단비는 용호의 말에 한 치의 머뭇거림도 없이 바로 답을 내렸다. 언젠가 이런 일이 올 것이라 예상이라도 한 듯 마치 짜인 각본대로 행동하는 것처럼 보였다.

"돈도 돈이지만 그곳에서만 할 수 있는 경험이 있기 때문에 가고자 마음먹은 겁니다."

"…여기서도 팀장으로서 할 수 있는 경험이 많지 않나요? 더구나 손석호 수석님 실력이면 지금처럼 용호 씨에게 많은 도움이 될 거잖아요."

용호가 말을 할 듯 말 듯 망설였다. 그러나 이미 결정한 일, 용호는 직진을 선택했다.

"분명 배울 점이 많긴 하지만 저는 더 많은 것을 원합니다."

에둘러서 말하고 있었지만 말하고자 하는 바는 명확했다.

손석호의 실력으로는 이제 나를 가르칠 수 없다.

부족하다 말하고 있었다.

"……."

정단비도 이런 날이 올 것이라 짐작은 하고 있었다. 용호의 실력 정도면 분명 스카우트 제의가 올 것이다. 그러나 손석호의 그늘을 벗어날 정도일 것이라는 생각은 하지 못했다.

정단비의 기대보다 빠른 성장.

예상 밖의 성장은 정단비가 짐작하고 있던 날을 앞당겼다.

부산이나 가산, 디자인팀에 혼자 파견을 가서 누구의 도움도 받지 않고 문제를 해결했고, 그곳에서 주역이 되어 돌아왔다.

이제는 손석호의 그늘에 있지 않아도 될 만큼 성장한 것이다.

배움에 열정을 보이는 용호이기에 손석호가 있는 한 떠나지 않을 것이라 안이하게 여겼던 것에 대한 후회가 밀려왔다.

"팀장님은 제게 은인이나 마찬가지입니다. 언제든 도움이 필요하면 찾아오겠습니다."

정단비는 직감했다.

이제 용호를 붙잡는 방법은 정에 호소하는 방법밖에 없겠구나.

그는 정단비가 본 누구보다도 뛰어난 프로그래머였다.

일당백이라는 말로도 부족했다.

이미 결과들이 증명해 주고 있었다.

잡아야 했다.

무조건 용호는 잡아야 했다.

"그러면 일 년, 팀장 자리는 비워둘 테니 미국에서 일 년 뒤에 돌아오세요."

"네?"

"일 년 뒤에 용호 씨의 도움이 필요합니다. 당장 사업을 시작한다 해도 사무실을 얻고, 사람들을 뽑고 하려면 준비 기간이 소요되니… 일 년 뒤에 오세요. 더 이상은 안 됩니다."

"팀장님……."

"은인이라면서요. 이 정도면 되겠죠?"

"……."

고마웠다.

누구도 자신을 찾지 않던 시절, 취업이 되지 않아 전전긍긍하던 시절, 겨우 찾은 일자리에서 손해배상을 운운하며 해고를 당할 뻔한 자신을 구해준 사람이 정단비였다.

원래 능력이 있고 없고를 떠나서, 자신이 어려울 때 정단비가 도와주었다는 사실만큼은 변하지 않는 진실이다.

어려울 때 받는 도움이 진짜다.

내 배가 불러 당장 내일 밥걱정이 없는데 밥을 사주는 사람은 그저 밥 사준 사람이겠지만, 당장 내일 끼니 걱정을 하고 있는데 밥을 사준 사람은 은인이라 불리는 것이다.

은인 정단비.

떠나려고 하는 자신에게 일 년 뒤에 돌아오라며 자리를 마련해 놓겠다는 그녀의 말을 용호는 더 이상 거부하기가 힘들었다.

거부하기 힘든 정도가 아니라 코끝이 찡해지고 눈 밑이 시큰거렸다.

"일 년, 꼭 돌아와 주세요."

정단비도 더 이상 용호를 잡기 힘들다고 판단했는지 일 년을 강조했다. 딱딱하던 안색은 어느새 풀어져 있었다.

정단비의 얼굴 한가득 서운함과 아쉬움만이 가득했다.

용호의 퇴사 소식에 사무실도 한바탕 난리를 겪고 있었다.

특히 나대방의 반응이 격렬했다.

"서, 선배님!"

"요즘 혜진이랑 깨가 쏟아진다면서요?"

용호의 말에 달려들던 나대방이 멈칫했다. 용호가 해준 소개팅에 둘은 서로가 마음에 들었는지 바쁜 시간을 쪼개가며 알콩달콩 연애를 하고 있었다.

"안 그래요? 방방이?"

최혜진이 나대방을 부르는 애칭이었다. 나대방의 마지막 글자 '방'을 따서 '방방이'. 둘의 그런 모습에 용호는 부러울 따름이었다.

용호의 말에 나대방이 애써 당황한 기색을 감추며 말했다.

"어, 어쨌든 이런 법이 어디 있습니까! 선배님 때문에 부서를 옮겼는데 미국으로 가시다니요."

"대방 씨도 미국으로 오세요. 제임스도 함께 일할 것 같은데."

"제, 제임스 씨요? 제가 못 갈 것 같습니까? 조금만 기다리십시오."

눈에 불을 켜고 하는 말에 용호는 살짝 불안감이 밀려왔지만 이내 지워 버렸다.

그리고 마지막 손석호와의 인사만이 남아 있었다.

"연락드리겠습니다."

"그래요. 그동안 수고 많았어요. 언제든 돌아와요."

"감사합니다."

서로 맞잡은 두 손에 힘이 들어갔다.

든든했다.

이런 분을 상사로 뒀다는 것이.

이런 사람을 후배로 뒀다는 것이.

둘 모두 서로를 든든하게 여기고 있었다.

*   *   *

데이브의 추천서, 그리고 용호의 수상 경력으로 'Jungle(밀림)'사로의 취업은 생각보다 어렵지 않게 진행되었다.

가장 큰 문제는 영어.

기술 문서도 항상 사용하는 단어들이 포함된 것들만 겨우 해석할 수 있는 수준이었다.

평소 스택 오버 플라이나 겟허브 등을 사용할 때 빼고는 거의 영어를 사용한 적이 없기에 일상생활이 불편할 정도의 실력이었다.

당연히 면접은 제대로 진행되지 못했다. 전화상으로 진행된 면접에서 용호는 겨우 몇 마디를 힘겹게 내뱉었다.

ok.

가장 많이 한 말이었다.

그러나 뒤이어 이어진 코딩 테스트에서 용호는 인정을 받을 수밖에 없었다. 그리 어렵지 않은 문제였다.

버그가 있는 문제를 주고 해결해 보라는 것과 초급 수준의 알고리즘 문제였다.

'Jungle(밀림)'에서는 용호의 수상 경력과 데이브의 강력 추천을 믿고 결국 용호를 채용하기로 했다.

그 뒤의 문제가 취업을 위한 절차였다. 미국으로의 취업 절차는 생각보다 간단하지 않았다.

H1B(단기 전문 취업).

용호가 신청한 비자의 이름이었다.

해당 비자를 통해 취업할 수 있는 인원에는 한계가 있었다.

더욱이 신청서 접수가 할당된 인원보다 많을 경우에는 컴퓨터 추첨을 통해 진행되기에 떨어질 수도 있었다.

용호는 일단 한국에서의 일을 정리하고 여행 비자를 통해 입국하기로 했다.

출국까지 시간이 있기에 신변 정리를 시작했다.

그중 하나가 알고리즘 스터디였다. 그간의 공부가 'Jungle' 사에서 진행하는 코딩 테스트에도 큰 도움이 되었다.

주말마다 진행하는 알고리즘 스터디를 통해 학교에서 배웠던 것들뿐만이 아닌 좀 더 난이도 있는 문제들에 대해서도 학습할 수 있었다.

그러한 시간들이 결코 헛되지 않았음이 'Jungle'사와의 면접을 통해 나타난 것이다.

저녁이라도 사며 말하기 위해 일단 스터디에 참가했다. 최혜진은 나대방에게서 소식을 들었는지 용호에게 눈을 찡긋거리며 신호를 보내왔다.

스터디가 끝나고 용호가 사람들과 인사를 나누었다.

"지금까지 감사했습니다."

용호를 바라보는 강성규의 표정이 복잡 미묘해 보였다. 한편으로는 부러워하는 것 같기도 했다.

"형, 고마웠어요."

"…내가 뭘 한 게 있다고 고맙기는."

"지금까지 제가 올 수 있었던 게 다 형 덕분이죠. 형이 아르바이트 자리를 소개해 주지 않았다면 학교를 휴학했을지도 모르고, 또 미래정보기술에도 입사하지 못했을 거잖아요."

용호의 말에 강성규가 괜찮다며 애써 쾌활하게 말했다. 용호에 대한 부러움이 시기와 질시가 되기 전에 애써 털어내려 하고 있었다.

이대로 두었다가는 정말 미움의 감정이 생겨날 것 같았다.

'내가 더 잘했었는데⋯⋯.'

그러한 생각이 강성규의 머릿속에서 떠나가질 않았다. 특히나 종종 회사에서 당하는 비교는 그를 더욱 참을 수 없게 만들고 있었다.

*　　　*　　　*

마지막 출근일.

직장인이라면 누구나 꿈꾸지만 쉽게 할 수 없는 날이 되었다.

기존에 개발하던 것들은 기간을 두고 천천히 인수인계를 마쳤다. 그 기간 동안 용호의 퇴사 절차도 마무리되었다.

통상 회사에서 주는 퇴사 유예 기간이 한 달이었다. 혹시나 그 기간 동안 마음이 바뀌어 퇴사를 철회하거나, 본인이 맡았던 일에 대한 인수인계를 하라는 의미였다.

그 마지막 날이 도래한 것이다.

"회장님께서 같이 보자고 하시네요."

정단비가 용호를 호출하며 한 말이었다. 처음 신세기에 발을 디뎠을 때는 정식 직원도 아닌 협력사 직원이었다.

그것도 경력을 속여 위장 취업으로 신세기에서 일을 시작했다.

그런데 지금.

마지막 순간은 정진용 회장을 만나러 가고 있었다. 시작은 미미했지만 끝은 창대했다.

정진용 회장의 집무실은 크게 바뀐 것이 없었다. 여전히 가구들은 고풍스러움을 자랑했고, 집무실 안은 또 다른 중력이 작용하는 듯 무거웠다.

"퇴사를 하겠다고."

"네."

"뭐, 회사에 마음에 안 드는 점이 있었나?"

용호는 기다렸다는 듯이 품에서 주섬주섬 수첩을 꺼내 들었다. 오랫동안 애용해서인지 귀퉁이가 헤져 반짝이는 수첩이었다.

하얀색 수첩의 여백을 검은색 볼펜이 빽빽하게 메우고 있었다.

"하나씩 말씀드려도 될까요?"

크흠.

용호의 반응에 무표정을 유지하던 정진용도 잔기침을 했다. 옆에 앉아 있던 정단비는 어차피 회사를 나가 창업을 생각하고 있었기에, 용호의 그런 행동에 별다른 반응을 보이지 않았다.

오히려 즐기고 있는 눈치였다.

"그럼 허락하신 줄 알고 말씀드리겠습니다."

침묵하고 있는 정진용에게 용호는 수첩에 적혀 있는 사항을 하나씩 읽어나가기 시작했다.

"첫 번째, 개발전문직의 폐지. 왜 이런 인사제도가 있는지 모르겠습니다. 개발전문직, 개발자를 대우하겠다는 게 아니라 사내 외주를 주겠다는 걸로 느껴지더군요. 낮은 연봉에, 소모품 같은 대우. 물론 신세기는 IT 기술 기반의 회사가 아님을 저도 알고 있지만 앞으로 지향하는 바가 기술 기반이라면 이는 분명 바뀌어야 할 것으로 보입니다. 참고로 저도 개발전문직으로 입사가 되어 있더군요."

용호는 정단비를 한 번 슬쩍 보고는 숨 쉴 틈도 주지 않고 하고 싶은 말을 쏟아냈다. 그간 신세기를 다니며 느낀 점들이 수첩에 빼곡히 적혀 있었다.

이건 그 시작에 불과했다.

"두 번째, 실질적인 야근 수당 지급. 도대체 야근 수당은 왜 있는 건지 모르겠습니다. 저야 올리면 정단비 팀장이 결재해주지만 다른 팀 같은 경우에는 야근 수당을 올리면 어떻게 되는지 아십니까? 팀원 전체에게 메일이 옵니다. 마치 야근 수당을 신청한 사원은 능력이 없는 사람인 양 관리가 필요하다고 합니다."

아직 사회생활을 많이 해보지 않은 탓일까? 아니면 스스로의 능력에 대한 자신 때문일까?

용호는 말을 함에 있어 거침이 없었다.

어차피 Jungle사로의 이직이 결정된 상황이라는 것이 가장 컸다.

"세 번째……."

말을 하려는 용호를 정진용이 만류했다.

"그만하면 알아들었네."

그러나 용호는 멈출 생각이 없었다. 이곳저곳을 다니며 경험하고 느끼고, 어떨 때는 부탁받은 것들을 모두 풀고 갈 생각이었다.

누가 하지 말라고 하지 않는다면 스스로 했던 다짐에 의미가 없었다.

자신보다 권력이 있다고, 능력이 있다고, 돈이 많다고, 그저 수긍하고, 수그리고, 가만히 받아들인다면 예전과 달라지는 것이 없었다.

"아니요. 제 이야기는 아직 안 끝났습니다. 신세기에 종사하는 대부분의 임직원이 생각하는 바입니다. 정말 회사를 위한다면 끝까지 들으셔야지요."

"……."

용호의 돌발 행동에 정단비가 손으로 용호의 수첩을 잡으려 했다. 더 이상 말을 했다가는 정진용의 불같은 화가 기다리고 있을 것임을 알고 있었다.

평소 조용히 있는 사람이 더 무서운 법이다.

비서실장 이하 비서실 팀 전원이 잘려 나간 일을 정단비는 똑똑히 알고 있었다.

용호의 경우 회사에서 잘리지는 않겠지만 어떤 불이익을 당할지 몰랐다. 정진용은 한국에서 충분히 그럴 수 있는 힘이 있었다.

"세 번째. 인사고과에 의한 연봉 삭감 폐지. 최소한 연봉을 깎는 일은 없어야 하지 않겠습니까? 회사 스스로도 인사고과와 개개인의 능력 평가에 대한 자신이 없으면서 그런 잣대로 사람을 평가해서야 말이 안 된다고 생각합니다. 이와 관련해서 얼마 전에도 저희 팀에 능력 있는 한 개인이 그릇된 마음을 품어 감사팀에 끌려가는 일이 있지 않았습니까."

이야기가 계속될수록 정진용의 한쪽 볼이 씰룩거렸다. 심기가 불편하다는 반증이었다.

그러나 용호는 개운하다는 표정이었다.

지금까지 신세기를 다니며 가장 기억에 남았던 일들은 성공한 일들이 아니었다. 동료들이 흘렸던 눈물과 아픔들이 더욱 가슴 깊이 남아 있었다.

"이상 세 가지입니다. 제가 옛날 KO 통신의 부사장이시던 고진성 부사장님께 출입 카드가 빨리 나왔으면 한다고 말씀드렸던 일이 있습니다. 아니나 다를까 전혀 변하는 게 없더군요. 신세기는 과연 어떨지… 기대해 보겠습니다."

용호가 이야기를 마치자 집무실 내에 침묵만이 감돌았다. 더 이상 안 되겠다 싶었는지 정단비가 먼저 자리에서 일어났다.

"이만 일어나는 게 좋겠네요."

더 이상 할 말이 없어진 용호도 자리에서 일어났다. 정진용 회장만이 넓은 집무실에 덩그러니 남았다. 오늘따라 피곤해 보이는 모습이 안쓰러울 정도였다.

정진용의 집무실로 가기 전 용호는 전 사에 메일을 보내놨다. 회장에게 직접 말한다고 해서 회사의 분위기가 바뀔까?

의문이었다.

여러 일이 있었지만 신세기는 용호가 성장할 수 있도록 발판이 된 회사, 애정이 있기에 발전하는 모습이 보고 싶었다.

그래서 정진용에게 가기 전, 자신이 회장에게 말할 내용을 전 사 임직원들에게 메일로 뿌려놓았다.

보고, 느끼고, 행동하세요.

스스로의 권리는 누가 주는 것이 아닙니다.

어렵고 힘든 길임을 알고 있습니다. 그래도 노력하십시오. 비록 퇴사하는 마당에서야 말을 하는 것이지만 저도 한 손 보태겠습니다.

퇴사할 때 말을 한다는 것도 결코 쉬운 일은 아니다. 대부분의 사람은 심지어 해고를 당한다 해도 자신이 다녔던 회사에 대한 욕은 하지 않는다. 혹시나 다른 회사를 갈 때 불이익을 받을까 하는 염려 때문이었다.

염려는 불안을 낳고 사람의 행동을 옭아매었다.

짝짝.

짝짝짝.

회사를 나서는 용호를 여러 개의 시선들이 바라보고 있었다. 그중 몇몇이 박수를 치고 있었다. 처음 시작은 손석호였다. 나대방이 이어받았고 스마트 쇼핑 전략 기획팀 전부가 1층 로비에 나와 박수를 치고 있었다.

로비에 있던 사람들 대부분이 용호를 쳐다보고 있었다.

이미 회사 내에서도 유명 인사였다.

처음에는 정단비의 남자라는 호칭을 얻을 만큼 회사 직계와 친밀한 관계가 이슈였다.

그러나 용호 스스로, 이슈라는 두 글자를 사람들의 머릿속에서 지우고 능력이라는 두 글자를 아로새겼다.

회사에서 일어나는 여러 가지 문제들을 해결하며 범접하기 힘든 실력을 가진 사람으로 인식되게 만들었다.

그것의 정점이 정단비의 제안을 뿌리치고 실리콘밸리로 떠나는 것이었다.

관계가 아닌 능력으로 일어선 사람.

그리고 유재만을 위해 용호가 했던 일, 퇴사 전 보낸 메일과 사실이 확인되진 않았지만 정진용에게 회사의 불합리한 점을 건의한 용기 있는 행동.

박수를 받을 이유는 충분했다.

그래서인지 박수를 치는 사람은 부지불식간에 늘어났다.

로비에 있던 사람들 대부분이 마치 최면에라도 걸린 듯 걸어 나가는 용호에게 박수를 보내고 있었다.

*   *   *

용호가 미국으로 가기 바로 전날 확인한 사이트는 스택 오버 플라이가 아니었다.

세계 최대 인맥 관리 사이트 리스트인.

용호는 이곳에 새롭게 직장을 등록했다.

〈경력 사항〉

인턴

미래정보기술(6개월) Seoul

사원

신세기 I&C(2년) Seoul

Junior Data Engineer

Jungle(현재) Siliconevalley

보유 기술&전문 분야

SQL, Java, HTML, JavaScript, CSS, Software Development, Android Development

학력 사항

선민대학교

Computer Science

지난 시간의 흔적이 고스란히 남아 있었다.

뿌듯함이 밀려왔다. 용호는 다시 한 번 리스트인에 등록된 자신의 이력 사항을 확인했다.

앞으로 어떤 이력이 더 추가될지 모르지만 용호는 최대한 많은 기술들을 추가하고 싶었다.

그것이 세계 최고의 프로그래머에 한 발 더 가까이 가는 것일 테니까.

Chapter 6

과외 선생님

실리콘밸리.

꿈과 희망의 땅.

미국 캘리포니아 주 샌프란시스코만 지역 남부를 이르는 말로 실리콘 칩 제조 회사들이 많이 모여 있었기 때문에 이와 같은 이름이 붙여졌다.

세계 최고 수준의 대학인 스탠퍼드 대학이 위치해 있고 한국의 대기업과는 비교도 되지 않는 인지도를 가진 회사들이 즐비했다.

그러나 용호가 놀란 것은 따로 있었다.

집값.

아무리 찾아봐도 우리나라 돈으로 월세 이백만 원 이하가 없었다. 그나마 있는 방도 싸구려여서인지 상태가 영 좋지 않았다.

결국 괜찮은 방을 구할 때까지만 데이브의 집에서 생활하기로 결정했다.

짐을 다 옮기고 용호는 가장 급한 것부터 물어보았다.

"데이브, 혹시 주변에 영어를 배울 만한 사람이 없을까?"

용호는 인터넷 번역기를 돌린 문장을 더듬거리며 읽어 내려갔다.

"영어?"

"응, 영어를 가르쳐 줄 만한 사람."

잠시 생각하던 데이브가 익숙한 이름을 꺼내 들었다.

"제시 있잖아, 제시."

"제시?"

"그래, 제시가 언어를 되게 좋아해. 프로그래밍 언어뿐만 아니라 각종 외국어도 섭렵하길 즐길걸."

"그래?"

데이브의 말에 용호가 솔깃해했다. 당장 제시에게 영어를 배운다면 과외 선생님을 고용할 돈이 줄어드는 것이다.

연봉 12만 달러를 받아서는 1년 생활하고 나면 남는 돈이 없었다.

기본적으로 월급에 붙는 세율이 25% 정도였다.

거기에 401k라는 미국의 퇴직급여 연금으로 10% 정도를 떼 갔다. 만약 데이브 집을 나와 원룸이라도 얻으면 달에 200만 원가량이 빠진다.

어떻게든 제시를 잡아야 했다.

"아마 한국어에도 관심이 많을 거야. 잘 이야기해 봐."

데이브가 길게 이야기했지만 용호에게 들린 것은 단어 몇 개였다. '한국', '관심', '이야기'.

어쨌든 이야기해 보라는 뜻으로 해석되었다.

마침 제시의 집도 데이브의 집에서 그리 멀지 않은 곳에 있 었다.

용호는 초조한 표정으로 제시를 바라보고 있었다. 설명을 하기 위해 몇 번을 핸드폰으로 검색을 해보았는지 모른다. 제 대로 말했는지 인터넷을 통해 단어를 검색하고 문장은 번역기 를 돌려가며 설명했다.

"그렇게 영어로 안 해도 된다. 나 한국어 조금 할 줄 안다."

제시가 서투른 한국어로 답했다. 용호로서는 놀라운 뿐이 었다.

"응?"

"한국어 관심 있다. 나도 좋다."

"그, 그럼 내일부터 할까?"

오케이.

이제 영어에 대한 걱정도 어느 정도 덜었겠다, 용호는 일만 하면 될 거라 생각했다.

*   *   *

용호가 속한 BI팀의 주 업무는 추천 알고리즘 튜닝이었다. 회사에서 서비스하고 있는 사이트를 통해 상품을 구매하는 사용자들의 패턴을 분석하여 더욱 많은 소비를 유도하는 것이 최종 목표라 할 수 있었다.

일등.

데이브가 회사 사람들에게 소개한 용호의 능력이었다. NetFlax Prize에서 일등을 한 이력이 사람들의 머리에 단단히 박혀 있었다.

첫 회의 시간, 용호는 아무 말도 할 수 없었다. 알아듣기도 힘들었지만 말하는 건 더욱 어려운 일이었다.

"……"

"별 얘기 아니다. 반갑다는 거다."

그나마 옆에 앉아 있던 제시가 간간이 통역을 해주고 있었기에 두어 번 고개를 끄덕일 수 있었다.

데이브는 용호에게 호의적이었기에 손짓 발짓을 이용해 대화를 나누었다. 시간이 오래 걸렸지만 데이브는 이해를 하고 용호의 말을 들어주려 노력했다.

물론 회사도 마찬가지였다.

아직 처음이었기에 어느 정도 이해하고 받아들이는 분위기가 형성되어 있었다.

거기에는 데이브의 영향이 크게 작용하고 있었다.

Jungle사에서도 인정받고 있는 데이브가 추천하는 인재였다. 비록 순수한 행동으로 사람을 당황시키는 경우가 많았지만 능력 하나는 출중했다.

그런 데이브가 인정했기에 비록 언어가 통하지 않아도 용인하고 있던 것이다.

해석되지 않는 언어 사이에서 잠시 멍 때리던 용호를 데이브가 툭툭 쳤다.

"어서 사람들에게 설명해 봐."

그저 인형처럼 고개를 끄덕이던 용호를 데이브가 부추겼다. 당시 일등 했던 알고리즘에 대해 설명을 해보라는 것 같았다.

'…이거 난감한데.'

당장 설명할 길이 막막했다. 용호는 머리가 좋아진 것이 아니었다. 단지 프로그램에서 돌아가는 버그를 볼 수 있을 뿐이었다.

알고리즘은 수학적 능력이 요구된다. 특히나 데이터 분석 알고리즘의 경우 통계학적 지식까지 필요했다.

용호가 가장 취약한 부분이었다. 만약 그런 천재적인 능력이 있었다면 당장에라도 신세기를 떠났을 것이다.

그러나 버그 창, 어느 순간 사라질지도 모를 능력만을 믿은 채 함부로 행동할 수가 없어 이제야 여기까지 오게 되었다.

손석호와 함께 NetFlax Prize를 준비하며, 결국 알고리즘 공부를 포기하고 버그 창 사용법을 알아내는 데 집중하게 된 계기이기도 했다.

한국어로도 겨우 더듬거리며 설명하는 걸 영어로 할 수 있을 리 없었다.

"왜? 컴퓨터가 필요해?"

용호의 속도 모르는 데이브가 초롱거리는 눈망울을 빛내며 말했다.

'하아……'

이대로 아무것도 하지 못한다면 어떤 상황이 눈에 펼쳐질지 뻔했다.

'할 수 없지… 이거라도 적어야지.'

용호가 선택한 방법은 코드를 적어 내려가는 것이었다.

통상 알고리즘 설명을 할 때는 간단한 수학식으로 표현한다. 그것을 보고 프로그래머들이 실제 코딩을 하며 구현하는 것이다.

두세 줄에 불과한 수학식이 실제 코딩에 들어가면 몇십 줄은 우습게 넘어가기도 했다.

용호는 버그 창에 남아 있는 지난 버그들의 이력을 뒤져가며 NetFlax Prize에서 우승했던 코드를 적어 내려갔다.

"……."

회의실 내 사람들이 조용히 칠판을 보며 고개를 끄덕였다. 가로 2m가 넘어가는 칠판이 용호가 작성한 코드로 빼곡히 채워졌다.

그 모습을 보던 데이브가 호들갑을 떨었다.

"뭐야. 용호, 여기서 구현까지 해버리는 거야?"

용호가 코드를 작성하는 이유가 수학식의 레벨이 아닌 실제 구현의 단계까지 완료가 된 것을 자랑하기 위함이라 생각한 듯했다.

그러나 용호의 상황은 달랐다.

'좀 조용히 해!'

데이브의 입을 다물게 하고 싶었다. 처음 데이브를 만났을 때는 영어를 하지 못한다는 점이 고려되어 있었다. 거기에다 손석호와 함께였기에 데이브의 심도 있는 질문들에 어느 정도 커버가 된 것이다.

그러나 지금은 아니다.

더구나 칠판에 코드를 모두 적고 나면 데이브만이 아닌 정상급 개발자 10명 정도를 더 상대해야 했다. 용호는 최대한 시간을 끌 생각이었다. 질문을 할 시간도 없게 만들 의도였다.

어느새 등이 축축해질 만큼 식은땀이 흘러내렸다.

탁.

코드를 다 작성한 용호는 더 이상 시간을 끌기 힘들었는지 보드 마커의 뚜껑을 닫았다.

한두 줄의 코드가 아니었기에 적는 것만으로 1시간 이상이 소모되었다.

몇몇 엔지니어들은 핸드폰으로 사진을 찍고 있었다.

"용호, 다음부터는 간단하게 식으로 알려줘. 코드는 너무 길어. 아니면 수도 코드(설명을 위한 가상의 코드)로 작성해 주든가."

코드를 적느라 기운을 쏟은 용호는 대답도 하지 못한 채 고개를 끄덕이는 것으로 대신했다.

용호가 기운이 빠진 듯 자리에 앉자 데이브가 대신해 앞으로 나섰다. 그리고 용호가 작성한 코드가 적힌 보드판을 손으로 가리켰다.

"자, 모두 봤습니까? 여기 우리가 앞으로 지향해야 할 방향이 적혀 있습니다. 앞으로 우리 팀은 이 코드를 서비스에 적용해서 추천 시스템을 한층 업그레이드하는 것에 둘 것입니다."

Senior Data Engineer.

데이브의 직함이었다.

앞에 나서 말하는 것을 보니 매번 장난칠 때와는 완전히 딴판이었다.

직함에 붙은 Senior라는 글자가 결코 땅따먹기를 해서 따 낸 것이 아님을 말해주고 있었다.

데이브가 나서고 회의는 겨우 마무리되었다.

회의실을 나서는 용호는 한 가지 생각에 사로잡혀 있었다.

'공부를 해야 돼.'

영어 공부도 해야 했지만 용호는 알고리즘에 대한 공부가 절실함을 통감하고 있었다.

혹시라도 누군가 수학식을 들이밀며 질문을 해온다면? 루트, 람다, 시그마 등등의 기호가 근래에서야 조금씩 익숙해지고 있는 상태였다.

그나마도 한국에서 알고리즘 스터디를 하지 않았다면 몰랐을 것이다.

'데이브에게 알려 달라 할 수는 없고.'

용호가 어렵다고 생각하는 수준과 데이브의 수준이 달랐다. 만약 데이브에게 물어본다면 '이것도 몰랐냐?'라는 반응을 보일지 몰랐다.

더구나 용호의 실력을 믿고 회사에 추천서를 써주었다. 그 믿음이 한순간에 와르르 무너질 수도 있었다. 그가 처음 용호에게 호감을 느낀 이유는 NetFlax Prize에서 일등 할 만큼의 똑똑함이 바탕에 깔려 있었다. 동질감을 느낀 것이다.

그 믿음이 무너지는 것이 두려웠다.

'혼자 하는 공부에는 한계가 있어.'

모르는 걸 물어볼 곳이 필요했다. 인터넷에 질문을 올리고 답을 기다릴 시간이 없었다.

당장 내일.

용호는 회사로 출근해야 했다.

*　　　　　*　　　　　*

용호는 그날 바로 제프 던과 맺은 SNS를 통해 글을 남겼다.

—반갑습니다. 제프 던 님. 지난번 쿠글 디자인 어워드에서의 만남을 기억하시나요? 제가 이곳 미국 실리콘밸리에 위치한 회사로 이직을 하게 되었습니다. 혹시나 시간이 되신다면 만나뵙고 이곳의 생활이나 프로그래밍에 대한 이야기를 나누고 싶습니다.

꼭 연락 부탁드립니다.

용호가 아는 최적화의 끝판왕은 NASA지만 아직 아무런 접점이 없었다.

그다음으로 아는 사람이 제프 던이었다.

제프 던.

용호는 몰랐지만 이미 그는 유명 인사였다.

제프 딘이 최적화를 하면 실행하기도 전에 결과가 반환된다.

제프 딘이 휴가를 가면 서비스가 알아서 멈춘다.

컴파일러(고급언어를 기계어로 번역하는 프로그램)가 제프 딘에게 경고하기 전에 제프 딘이 컴파일러에게 경고한다.

한 줄의 코드로 웹 서버를 구현하는 유일무이한 프로그래머.

인터넷에 그의 이름을 치자 다양한 일화들이 나왔다.

'이런 사람이 만나주기나 할까……'

잠시 부정적인 생각을 하던 용호는 이내 고개를 저었다.

'무조건 만나야지, 이런 사람에게 배우기 위해 여기까지 왔으니까.'

미국에 오기 전, 분노로 머리가 하얗게 불타던 때 다짐했던 것들이 시간이 지날수록 희석되는 것 같았다.

계속 되새기지 않으면 금세 잊고 지금의 현실에 순응하게 되었다. 생각한 대로 살지 않으면 사는 대로 생각한다더니 그 말이 딱 맞았다.

*　　　*　　　*

수많은 사람들이 친구로 등록되어 있었다. 그저 그런 말들이 SNS를 통해 공유되기에 제프 던은 엄지로 빠르게 화면을 넘기고 있었다.

'이용호?'

어디서 많이 들어본 것 같은 이름이었다. 수없이 많은 사람들의 이름이 매일 들리기에 중요하지 않으면 기억도 하지 않았다.

'어디였더라.'

제프 던이 흔들의자에 앉아 용호가 남긴 글을 읽어보았다. 글의 내용은 특이할 것이 없었다.

자신에게 프로그래밍이나 알고리즘에 대해 배우고 싶다는 사람은 차고 넘쳤다.

'쿠글 디자인 어워드였지.'

현재 하고 있는 스타트 업 지원 때문에 명목상 참가한 대회였다. 쿠글에서 현재 회사에 자금을 대주고 있어 부탁을 거절하기 어려웠다.

이왕 할 거 제대로 해보자는 생각에 최초의 인드로이드 폰으로 최적화를 해 출품했다.

용호가 출품한 건 O1, 비록 최초의 폰은 아니었지만 충분히 인상적이었다.

'흠… 한번 만나나 볼까.'

그렇지 않아도 문제에 봉착해, 여러 사람의 의견을 듣고 있는 중이었다.

용호 정도라면 만나서 이야기를 나누어도 나쁘지 않을 것 같았다.

*   *   *

한적한 카페에 선녀와 흔남이 자리에 앉아 대화를 하고 있었다. 더듬거리는 흔남의 영어 실력은 안쓰러울 정도였다.

선녀의 영어는 유창했고, 어느새 익혔는지 한국어도 곧잘 하고 있었다.

잠시간의 휴식 시간, 서로 핸드폰을 보던 중 흔남 용호가 급하게 선녀 제시를 불렀다.

"제시!"

그의 말에 핸드폰을 확인하던 제시가 고개를 들었다. 용호가 호들갑을 떨며 핸드폰을 내밀었다.

"여기, 만나자고 적혀 있는 거 맞지?"

제시는 용호의 한국어를 알아들을 수준은 되었다. 아직 글을 쓰거나 말하는 데는 어려움을 느끼고 있었지만 듣는 것은 문제가 없었다.

"맞아. 핸드폰 번호를 보내 달라는데?"

와우!

용호가 환호성을 내질렀다. 글을 남기면서도 반신반의하고 있었다. 짧은 인사를 나누었을 뿐이었다. 과연 아직까지 자신을 기억하고 있을지 자신이 없었다.

페이드북을 확인한 제시도 놀란 듯, 그렇지 않아도 큰 눈이 더 커져 있었다.

"혹시 이 사람 제프 던이야?"

용호가 긍정의 의미로 고개를 몇 번 끄덕였다. 그러자 제시가 얼굴를 앞으로 쑥 내밀고 황급히 물어보았다.

"네가 제프를 어떻게 알아?"

왠지 제시도 그 남자를 아는 눈치였다. 용호는 쿠글 디자인 어워드에서 있었던 일을 차근차근 설명해 나갔다.

*　　　*　　　*

30평 정도 되어 보이는 사무실에 7명이 옹기종기 앉아 있었다. 7개의 책상마다 각자의 개성이 뚜렷하게 드러나 있었다. 음식물로 채워진 책상, 각종 책들이 산을 이루고 있는 책상, 질서 정연하게 물건들이 놓인 책상.

제프의 자리는 아주 깔끔하게 정리된 책상이었다. 제프가 자리에서 일어나며 반대편에 앉아 있던 조너선을 불렀다.

"조너선, 오늘은 먼저 가볼게."

"왜? 여자친구라도 생긴 거야?"

조녀선이 신기하다는 듯 제프를 바라보았다. 시계는 오후 5시를 가리키고 있었다. 제프가 평소 퇴근하는 시간이 되려면 아직 시곗바늘이 아홉 칸은 더 움직여야 했다.

"아니, 만날 사람이 있어서."

"오 주여, 제발 제프가 만날 사람이 여자이기를!"

조녀선의 농담에 제프가 웃으며 사무실을 나섰다.

Vdec.

사무실을 나선 제프의 뒤로 보이는 회사의 이름이었다.

용호가 자리에 앉아 가만히 커피를 마시는 반면 제시는 어딘가 불안한 눈치였다.

그 모습에 괜히 미안해진 용호가 헛기침을 했다.

"제시, 미안해. 너 밖에 부탁할 사람이 없었어. 데이브는 알다시피 한국어를 전혀 못하니까. 그리고 다시 한 번 말하지만 데이브에게는 말하지 말아줘."

혼자 제프를 만날 생각을 하니 부담감이 밀려와 제시에게 통역을 부탁했다. 더불어 몇 번이고 데이브에게는 말하지 말아 달라고 당부했다.

무슨 이유에서인지 몇 번 거절하던 제시도 어쩔 수 없다는 듯 수락했다.

"괜찮아."

전혀 괜찮아 보이지 않았지만 용호는 그저 새로운 사람을 만난다는 것에 대한 부담감 때문이려니 생각했다.

마침 백팩을 멘 제프가 약속 장소에 도착했다.

용호가 먼저 제프를 발견하고 손을 흔들었다. 그러나 제프가 보고 있는 것은 용호가 아니었다.

용호는 혹시나 자신을 다른 사람으로 착각했나 싶어 더욱 세게 손을 흔들며 제프를 불렀다.

"여기요!"

용호의 목소리가 컸던 탓일까. 제시도 자리에서 일어나 제프를 바라보았다.

제프도 이내 제시를 보았다. 그의 눈동자가 지진이라도 난 듯 흔들리고 있었다.

용호는 연신 만나줘서 고맙다며 감사 인사를 전했다. 그러나 어색한 분위기는 쉽사리 풀릴 줄을 몰랐다.

제프는 가방에서 노트북을 꺼내 탁자 위에 올려놓고 전원을 켰다. 그제야 흔들리던 눈동자도 안정감을 찾아갔다.

"반가워요. 용호 씨"

"정말 감사합니다. 여기 옆에는 제시라고 제가 아직 영어가 부족해서 통역을 부탁하려고 부른 친구입니다."

용호의 말에 제시가 고개를 끄덕였다.

"네."

짧은 대답. 제프는 대답 후 바로 노트북의 모니터로 시선을 돌렸다. 마치 노트북 화면이 자신을 진정시켜 주기라도 할 것처럼.

간단한 인사치레가 끝나고 용호가 먼저 용건을 꺼내 들었다. 용호의 이야기를 듣던 제프가 고개를 저었다.

"죄송하지만, 저라고 무작정 시간을 뺄 수는 없습니다. 그 시간이 제게도 의미가 있는 시간이 되어야 하지 않을까요?"

용호도 이미 예상은 하고 있었다. 한국에서는 같은 회사 내에서도 자신이 알고 있는 바를 쉽게 알려주지 않았다.

미국이라고 해서 크게 다를 것이라 생각하진 않았다.

"뭐든 말씀만 해주세요."

"용호 씨가 쿠글 디자인 어워드에 낸 작품은 저도 잘 봤습니다. 최적화가 잘 되어 있더군요. 그래서 말인데… 혹시 허프만 알고리즘이라고 알고 계십니까?"

허프만 알고리즘.

대표적인 압축 알고리즘의 하나로 대부분의 파일 압축 프로그램에서 사용하고 있는 알고리즘의 하나였다. 각 단위 정보를 표현하는 비트 수를 단위 정보들의 출현 빈도를 기반으로 할당해 더 적은 비트 수로 표현, 전체적인 데이터 표현에 필요한 비트 수를 줄인다.

간단히 말해 파일 용량을 줄이는 데 필요한 것이다.

물론 용호도 대충 어떤 것인지 정도는 알고 있었다.

"아, 네. 그런데 그건 왜……?"

"그러면 먼저 이것 좀."

제프가 가방에서 문서를 하나 꺼내 들었다.

보안 서약서.

도대체 무엇을 보여주려고 이런 것까지 작성해야 하는지 의아했지만 용호로서는 아쉬울 것이 없었기에 가벼운 마음으로 사인했다.

옆에서 읽어본 제시가 서약서에 별 내용이 없다는 점을 알려준 것이 크게 작용했다.

"코드를 한번 보시죠."

제프 던이 펼쳐진 노트북으로 개발 툴에 작성되어 있는 코드를 보여주었다.

"전체 탐색을 하는 부분에서……."

설명을 하려는 제프를 용호가 손짓으로 막았다. 그리고 실행을 해달라고 제시를 통해 말했다.

제시가 말할 때마다 움찔거리는 것이 이상했지만 지금 중요한 건 그런 사소한 것이 아니었다.

제프가 프로그램을 실행시키고 용호는 노트북 화면이 아닌 버그 창을 보고 있었다.

'음…….'

제목 : 동영상 화면 압축 대상을 찾기 위한 로직 오류.

내용 : 동영상 화면 압축의 대상이 되는 유사 프레임을 예측하기 위한 탐색의 성능이 $O(N^2)$임. 이것이 $O(N)$으로 튜닝 되어야 함.

용호는 과거의 기억을 더듬어 보았다.

알고리즘 성능의 평가 지표는 총 7가지가 있었다.

$O(1)$, $O(\log N)$, $O(N)$, $O(N \log N)$, $O(N^2)$, $O(N^3)$, $O(2^n)$으로 아래로 내려갈수록 성능이 낮아지는 것으로 보면 되었다. 성능이란 곧 속도, 일을 처리하는 속도가 더 빨라진다는 의미였다.

'성능 튜닝이 문제구나.'

용호가 제시를 보며 고개를 끄덕였다. 해결할 수 있다는 의미였다.

그 이야기를 그대로 제프에게 전달했다.

제프 바로 앞에서 용호가 코딩을 하고 있었다. 그리고 채 1시간도 지나지 않아 키보드에서 손을 뗐다.

프로그램을 빌드시키고 실행한 결과를 본 제프는 아무 말도 할 수 없었다.

"……."

모니터를 보고 있던 제프는 그대로 굳어졌다. 눈으로 보고 있음에도 믿기가 힘들었다.

제프는 쉽사리 이해가 가지 않아 이번에는 가방에서 수첩을 꺼내 들었다. 그리고 용호에게 펜을 건네주었다.

"어떻게 한 겁니까?"

용호는 제대로 못 알아들었다는 듯 어깨를 으쓱했다. 옆에 있던 제시가 대신해 통역을 해주었다.

"어떻게 한 건지 설명을 부탁한다는데?"

이제는 한국어가 익숙해졌는지 간단한 문장 정도는 어색하지 않게 말하고 있었다. 그럴 때마다 용호는 정말 세상에 천재들은 많다는 생각을 했다.

자신과 같은 가짜 천재와는 달리.

"먼저 알고리즘 과외를 해줄 수 있는지 물어봐 줘."

용호에게도 필요한 것이 있었다. 제시는 용호의 말을 그대로 제프에게 전했다.

"알려주면 해주겠대."

"그럼 소스를 보면서 설명해 준다 그래."

용호는 아직 수학식을 써내려 갈 자신이 없었다. 제프가 꺼낸 수첩은 A4용지 크기도 되지 않았다.

그곳에 적으라는 의미는 간단한 식으로 설명해 달라는 이야기, 용호는 수용할 수 없는 방법이었다.

이상한 듯 제프가 고개를 갸웃거렸지만 그런 것도 잠시, 금세 용호의 설명에 빠져들었다.

설명을 다 들은 제프가 의아한 듯 물어왔다.

"왜 나한테?"

제프가 보기에 용호는 굳이 자신에게 배우지 않아도 충분한 실력을 갖추고 있었다. 그러나 용호의 입장은 달랐다.

버그 창의 도움이 없다면 해결하지 못했을 것이다. 그것만으로도 제프에게 배움을 청할 이유는 충분했다.

자세한 사정을 이야기할 수 없었던 용호는 그저 같은 말을 반복할 수밖에 없었다.

"약속 꼭 지키세요."

정상에 한 발 가까이 간 듯한 기분에 용호는 홀가분하게 자리에서 일어날 수 있었다.

*   *   *

용호가 자리를 떠나도 두 사람은 일어날 줄을 몰랐다.

"제시……."

제프의 말에는 아련함이 묻어났다. 그리움과 아쉬움, 한편으로는 미움이라는 감정이 공존할 만큼 혼란스러웠다.

그러나 제시는 혼란스럽지 않았다. 오직 한 가지, 미안함만이 보였다.

"오랜만이에요."

"데이브는 잘 지내나?"

"뭐, 여전히 똑같죠."

"그래, 한결같은 친구였지."

제프는 이미 데이브까지 알고 있었다. 제시도 그런 제프의 반응을 당연한 듯 받아들였다.

"어때요? 일은 잘돼요?"

"일이야……."

제프는 뒷말을 삼켰다. 잊기 위해 더욱 열중했던 시간들이 주마등처럼 스쳐 지나갔다.

잊기 위한 최고의 방법은 다른 것에 대한 몰입이었다. 제프는 프로그래밍에 몰입했다.

하다 보면 한두 시간이 아닌 대여섯 시간은 금방 지나갔다. 그렇게 잊어갔다.

"반가웠어요. 이제는 다 잊었으니… 종종 연락하며 지내요."

"……."

제프는 제시의 말에 선뜻 대답하지 못했다. 제시는 잊었을지 몰라도 제프는 아직 잊는 중이었다.

지금 하고 있는 프로젝트도 그 연장선상에 있었다. 제프는 오늘 밤도 집에 가기는 글렀다고 생각했다.

　　　　*　　　　　*　　　　　*

　집으로 들어서자마자 소리를 지르며 달려드는 데이브를 보며 용호는 불안감이 엄습했다. 그간의 영어 과외 덕분인지 아직 서툴렀지만 손짓 발짓을 동원하면 데이브와 예전보다는 빠르게 의사소통이 진행되었다.

　그래서인지 말에 담긴 감정들도 더욱 쉽게 와 닿았다.

　"용호!"

　"으, 응?"

　"왜 밖에서 찾는 거야!"

　데이브가 이번에는 장난감 쌍검을 들고 있었다. 마치 원피스에 나오는 루피의 동료 조로를 연상케 했다.

　"뭐, 뭐를 말이야."

　용호가 주춤거리며 뒤로 물러섰다. 그리고 그만큼 데이브가 한 걸음 다가갔다.

　밀짚모자를 넘겨준 것은 데이브에게 큰 의미를 가지고 있었다.

　친구, 동료로서 인정.

　그리고 서로가 서로에게 보탬이 되고자 하는 마음까지 넘겨준 것이다.

　데이브가 화가 난 것은 섭섭함, 자신을 믿고 이곳까지 온 용호가 감추는 것이 있다는 점이었다.

데이브가 들고 있던 쌍검을 교차시키며 휘둘렀다.

"지금이 발뺌할 때야!"

비록 장난감이라지만 맞으면 꽤 아플 듯 보였다. 용호는 재빨리 데이브를 피해 거실 쪽으로 도망쳤다.

"아니, 그냥 공부가 필요해서, 그리고 말하려고 했어!"

거실 쪽으로 도망친 용호는 제시를 원망할 수밖에 없었다.

'그렇게 말하지 말아달라고 했건만.'

대충 이런 반응을 예상했기에 한 말이었다.

쌍검을 들고 거실로 도망친 용호를 쫓던 데이브가 잠시 제자리에 서서 중얼거렸다.

"그래, 내가 세계 제일의 프로그래머가 되면 되겠지. 난… 난 그 사람을 이겨서 톱 코더가 되는 날까지 절대로… 절대로 지지 않는다……."

원피스에 나오는 대사를 중얼거리던 데이브가 힘없이 들고 있던 쌍검을 내려놓고 2층으로 올라갔다.

"미, 미안해, 데이브!"

계단으로 올라가는 데이브를 쫓아가며 용호는 새삼스레 생각했다.

'코딩보다 관계가 더 어렵구나.'

값이 정해진 코딩보다, 예측할 수 없는 사람 사이의 관계가 몇 배는 더 어려웠다.

토라진 데이브의 화가 풀어지는 데는 그 뒤로도 며칠이 더

소요되었다.

$$*\qquad*\qquad*$$

실수라는 것은 없다.

승리도, 실패도 없다.

오직 창조만 있다.

스탠퍼드 대학 디자인 스쿨 천장에 붙어 있는 흑색 패널에 하얀색 글귀가 새겨져 있었다.

그 아래, 그런 글귀는 보이지도 않게 만드는 여자가 한 명 앉아 있었다.

풀어헤친 머리, 아무렇게나 걸친 카디건과 그 안에 헐렁해 보이는 박스 티를 입고 있는 그녀.

유소현이었다.

"오늘은 이만하고 집에 가자."

함께 팀 프로젝트를 하고 있는지 탁자에 둘러앉아 있는 사람들의 머리가 기름으로 떠져 있었다.

얼굴은 푸석했고, 눈 밑에 다크서클이 그간의 고생을 짐작케 했다.

"그, 그럴까?"

유소현의 발음은 유창했다. 어릴 때 이민 간 교포라고 해도 믿을 정도였다.

"그래. 어제도 밤새웠는데 오늘까지 무리하면… 어차피 이게 당장 내일 끝나는 과제도 아니고."

탁자에 둘러앉아 있던 한 친구가 일어나자 다른 친구들도 연쇄적으로 자리에서 일어났다. 벌써 토요일 점심시간, 피곤과 배고픔에 마치 노숙자라도 된 것 같았다.

누가 봐도 믿지 못할 광경이었다. 어디를 둘러봐도 특색 하나 없는 남자가, 누가 봐도 한 번쯤 뒤돌아보게 만들 여자에게 화를 내고 있었다.

"내가 말하지 말라고 했잖아!"

"말해야 했다."

제시는 이미 간단한 한국어 정도는 익숙하게 말할 수 있음에도 일부러 어눌하게 말했다.

"그런 게 어디 있어, 내가 얼마나 고생한지 알아? 너도 봤지?"

용호가 열을 내서 말하자 제시는 고개를 돌려 눈빛을 회피했다.

제시도 보았다. 같은 사무실에 근무하고 있었기에 보지 않을 수가 없었다.

매일같이 데이브는 쌍검을 들고 용호의 뒤에서 한참을 서 있었다. 그게 바로 며칠 전까지 일이었다. 다행히 용호가 빌고 빌다 원피스 피규어 세트를 상납함으로써 사태가 마무리되었다.

제시는 분명 보았지만 모른 척했다.

도리도리.

고개를 젓던 제시가 한국어가 아닌 영어로 뭐라고 중얼거렸다.

"헐."

뻔뻔한 제시를 보며 용호는 어이가 없어 의자를 뒤로 젖히며 헛웃음을 터트렸다.

눈이 마주친 두 남녀가 동시에 굳어졌다. 둘 모두 무척 놀란 듯 아무 말도 하지 못했다.

'어?'

여자는 이내 자신의 상태를 인식한 듯 부끄러움에 물들어갔다. 더구나 남자 옆에 앉아 있는 여자는 같은 여자가 봐도 아름다웠다.

간단한 요깃거리를 사기 위해 카페로 들어서던 유소현이 용호와 눈이 마주친 것이다.

정단비는 제시를 알고 있었지만 유소현은 아니었다. 한 번도 본 적이 없었다. 서양의 아름다움을 여실히 뽐내고 있는 여자, 그리고 그 앞에 있는 용호··· 유소현은 어떤 상황인지 대충 짐작이 갔다.

아는 척을 해야 할지 말아야 할지 고민하고 있었다. 생각은 그리 길지 않았다.

"팀장님?"

용호는 말을 하면서도 긴가민가하고 있었다. 유소현이라고 하기에는 비슷한 듯하면서도 아니었다. 풀 메이크업 상태만 보다 마치 학생처럼 수수한 모습을 보니 정말 같은 사람인지 의심이 들었다.

그러고 보니 미국의 디자인 스쿨로 유학을 간다고 했던 것이 기억나기는 했다.

"아, 안녕?"

유소현도 자신의 상태를 인식했는지 어색하게 웃으며 한 손을 들어 보였다. 다른 손에는 더 들 수 없을 만큼의 전공 책이 들려 있었다.

제시는 이때다 싶었는지 빠르게 자리를 떠났다. 얼떨결에 용호 앞에 앉은 유소현이 조심스럽게 물었다.

"여자친구랑 있는데… 제가 방해한 건 아닌가 모르겠네요……."

오랜만에 만났다는 반가움보다, 어떻게 이곳에 있는지에 대한 궁금함보다 앞선 것이 제시의 정체였다.

유소현의 말에 용호가 크게 한숨지으며 말했다.

"하아… 저 친구는 그냥 직장 동료예요. 그냥 저한테 영어 가르쳐 주고 있는 중이었어요."

용호의 말에 유소현이 쫄깃하던 심장이 풀리는지 들고 있던 책을 탁자 위에 올려놓고 편하게 앉았다.

"아… 영어를 가르쳐 주고 있었구나. 그나저나 잘됐네요. 이곳 실리콘밸리에도 오고."

"말씀 편하게 하세요. 팀장님. 제가 알기로는 1살 연상이신 걸로 아는데… 누나라고 하면 될까요?"

빠직.

순간 착각인지 유소현의 이마에 힘줄이 잠깐 돋아났다 사라졌다. 그런 유소현의 반응과는 상관없이, 용호는 그저 이역만리 타국에서 만난 유소현이 반가울 따름이었다.

유소현이 용호에게 한 가지 제안을 했다. 바로 영어 선생님이 되어주겠다는 것, 갑작스러운 유소현의 제안에 용호는 어리둥절할 뿐이었다.

"네?"

"어차피 나도 개발자들이 어떻게 일하는지 알아야 하니까. 용호가 나한테 개발에 대해 개념적으로 알려주고 내가 영어를 알려주고 괜찮지? 아, 내가 누나니까 말 놔도 되지?"

"뭐, 말이야 놓으셔도 되죠. 그런데… 개발에 대해 알려 달라고요?"

"응, 내가 목표로 하는 곳이 소프트웨어 회사라 개발에 대해 알고 있으면 아무래도 플러스가 될 것 같아서. 참 용호도 편하게 해."

유소현의 말투는 새침하면서도, 농염했다. 유소현의 태도가 변한 건 순간이었다.

그러나 남중, 남고, 군대, 공대 거기에다 외아들인 용호는 유소현의 그런 변화를 눈치챌 수가 없었다.

물론 중간에 여자친구가 있었던 적이 있지만 진심을 다해 만난 것일 뿐, 여자 사람을 상대하는 기교를 늘려주진 않았다.

"네? 네."

"편하게. 응?"

"아… 응. 그래, 누나."

용호는 쉽게 입이 떨어지지 않아 겨우 몇 마디를 내뱉었다. 회사에서 팀장님이라 부르던 사람에게 말을 놓는다는 것이 결코 쉬운 일은 아니었다.

"영어 과외는 언제부터 할까?"

"약속을… 잡아보… 자."

어디서부터 잘못된 것일까? 약간은 쌀쌀맞아 보이는 유소현에게 용호는 원인 모를 미안함을 느끼고 있었다.

*   *   *

확실히 제시가 가르쳐 줄 때보다는 이해가 쉬웠다. 영영 사전을 보며 단어를 공부하면 실력은 분명 늘겠지만 공부하는 순간은 괴롭다.

그러나 한영사전을 보면 공부하는 순간 바로바로 궁금증이 해소되기에 더 즐거운 이치였다.

유소현과의 과외가 그랬다.

"오늘은 끝나고 같이 드라이브나 갈까?"

몇 번의 과외를 통해 둘의 사이는 상당히 가까워져 있었다. 가장 큰 이유는 외로움이었다.

아는 이 하나 없는 타국에서 만난 한국인, 그것도 같은 회사를 다니며 함께 일을 했던 동료를 만났다는 것은 특별함으로 다가왔다.

둘은 신세기에서 일했던 과거를 추억하며 더욱 가까워졌다.

"차가 없는데?"

용호는 차가 없었다. 뿐만 아니라 운전면허도 없었다. 그러나 유소현은 달랐다.

자리에 앉아 있던 유소현이 주머니에서 키를 꺼내 버튼을 눌렀다.

삐빅.

근처에 있던 차 한 대가 소리를 내며 존재를 알려왔다. 미국 생활에 필요한 각종 물품 구매나, 집, 핸드폰 같은 자잘한 것들을 준비하느라 용호도 아직 제대로 관광을 해보질 못했다.

당연히 오케이였다.

끝없이 펼쳐진 바다.

퍼시픽 코스트 하이웨이로 알려진 1번 고속도로는 미국 내 가장 아름다운 경치를 자랑했다. 고속도로를 따라 절벽이 줄지어 있었고 그 너머로 보이는 바다는 꽉 막힌 숨통을 뻥 뚫리게 해주기에 충분했다.

절경.

한국 어디에서도 볼 수 없는 절경이 눈앞에 펼쳐져 있었다. 유소현의 옆자리에 앉아 있던 용호는 몇 번이고 이곳에 오길 잘했다고 생각했다.

"어때?"

"좋네요……."

많은 말도 필요치 않았다. 좋았다. 어떤 미사여구를 갖다 붙여도 지금의 풍경을 말로 표현할 수 없을 것 같았다.

가슴으로 받아들여야 했다.

"실리콘밸리는 수려한 자연환경으로도 유명해. 시간 되면 종종 나오자."

유소현도 오랜만의 드라이브에 기분이 들떴는지 표정이 밝아 보였다. 창문을 열어놔서인지 유소현의 긴 생머리가 이리저리 휘날리다 용호의 뺨을 스쳤다.

수려한 풍경에 향긋한 향기가 더해져 더할 나위 없는 조화를 만들어내고 있었다.

"네, 고마워요."

유소현의 호의에 용호는 그저 감사할 뿐이었다. 차도 없는 자신을 태우고 이런 멋진 광경을 보여준 것이 고마웠다.

"아니… 뭘."

떨어지는 태양이 내뿜는 마지막 빛줄기가 유소현의 얼굴을 비춰서인지 대답을 하는 얼굴 한가득 홍조가 가득했다.

＊　　　＊　　　＊

주말에 푹 쉰 덕분인지 용호의 눈이 반짝였다. 그간 몇 번이고 용호가 속해 있는 팀에서 하는 일과 관련된 문서들을 살펴보았다.

그러나 영어 능력 부족과 생소한 시스템에 대한 이해 부족으로 제대로 눈에 들어오지가 않았다.

그래서 몇 번이고 다시 읽어보았다. 이해가 되지 않으면 그 다음 날 다시, 그리고 또 다음날 다시 읽어보았다.

시간이 지날수록 영어 실력이 높아지면서 문서들의 내용이 눈에 들어오기 시작했다.

Jungle사에서 사용하고 있는 추천 시스템의 이름은 JRS이다. 이 용어는 Jungle Recommendation System의 약자다.

그곳에는 따로 출력되는 결괏값에 대한 정의가 없었다.

'이 시스템을 업그레이드해야 한다는 말이지.'

현재 용호가 속해 있는 팀의 당면 과제였다. 추천을 통해 발생되는 매출이 침체기에 접어들고 있었다.

총매출의 30%.

더 이상 퍼센티지는 늘지 않고 시스템은 차츰 자동화되어 갔다.

고용과 해고가 자유로운 미국이었기에 슬슬 용호가 속해 있는 팀에도 해고설이 돌고 있었다. 물론 핵심 인재라 할 수 있는 데이브나 얼마 전 이직해 온 용호가 대상일 리 없었지만, 한 치 앞도 알 수 없는 세상이다.

그리고 핵심 인재라 해도 결과가 없으면 잘리는 것이 다반사였다.

이른바 핑크 슬립(미국의 해고 통지서를 이르는 말)을 받게 되는 것이다.

'결괏값만 넣으면 NetFlax Prize에서처럼 어떻게든 될 것 같은데……'

용호의 고민이 깊어갔다.

회의 시간은 항상 시끌벅적했다. 자유로운 기업 문화가 자리 잡고 있는 곳이었지만 자유에는 그만큼 책임이 따른다.

다들 침체기에 접어든 추천에서 발생하는 매출에 위기감을 느끼고 있었다.

"용호 씨 생각은 어때요?"

팀원 중 한 명이 용호를 지목하며 물었다. 처음 회의에 참가했을 때 용호는 그저 고개만 끄덕거렸다. 그 모습에 다들 의아했지만 용호에게 별말을 하지는 않았다. 그러나 그 모습이 계속 이어지자 데이브가 먼저 물어왔다.

"용호, 회의 시간에 궁금한 거 없었어?"

"응?"

"고개만 끄덕이고 있길래, 궁금한 게 없나 해서."

문화의 차이에서 발생한 오해였다. 용호에게 회의는 상사의 말을 수긍해 가는 과정이었다.

그러나 미국은 달랐다.

궁금한 것은 물어보고, 잘못된 것을 지적하며 서로의 의견을 조율해 가는 과정이었다. 그 과정 속에서 직위는 아무런 상관이 없었다.

인턴이 임원에게 '왜'라고 물어봐도 아무도 이상하게 여기지 않았다.

왜 그렇게 합니까? 저는 이해가 안 됩니다.

아마 한국이었다면 그 인턴은 다음 날 출근하지 못할 가능성이 높다.

미국은 YES보다는 WHY였다.

그것이 의미하는 바는 적극적인 자기표현이었다.

"한 10%까지는 늘릴 수 있을 것 같습니다."

기존 매출이 6조 원가량 되었다.

10%면 6천억.

용호의 폭탄 발언이 회의실을 불타게 만들었다.

Chapter 7
받는 이, 주는 이

"데이브의 추천으로 뽑기는 했지만… 정말 가능하겠습니까?"

"물론이에요."

"…흠."

데이브가 속해 있는 팀의 담당 프로젝트 매니저 브래드가 깍지를 낀 채 데이브를 바라보았다.

데이브의 실력에 대해서는 의심할 여지가 없었다. 그러나 데이브가 추천한 용호라는 사람에 대해서는 아직도 몇 가지 의문점이 남아 있었다.

NetFlax Prize에서 우승을 한 것은 맞지만 알아보니 팀원으로 등록되어 있었다. 쿠글 디자인 어워드에서도 디자이너와의 협업을 통해 우수상을 받았다.

개인의 능력이 출중하다는 것에는 어느 정도 수긍이 가는 부분이 있었지만 의사소통도 되지 않는 사람을 데려와야 했는지에 대해서는 의문이었다.

"곧 적응해서 회사에도 큰 도움이 될 거예요."

아직 미숙한 언어능력으로 동료들과 대화도 제대로 하지 못하고 있었다.

더구나 들리는 말을 종합해 보면 정말 NetFlax Prize에서 우승한 것이 맞는지 의심스럽다는 말이 들리고 있었다.

알고리즘을 설명하는 수학식 하나 제대로 표현하지 못했고, 그런 쪽으로 대화를 할라 치면 회피하기 일쑤였다.

그렇게 퍼지던 소문을 칠판에 코드를 작성함으로써 어느 정도 불식시켜 둔 상태였다.

"일단 데이브가 추천했으니 좀 더 지켜보겠습니다. 하지만 알다시피 오랫동안 두고 볼 수는 없어요. 우리는 당장 투입할 수 있는 경력자를 뽑은 거지, 이곳에서 배우는 신입을 뽑은 게 아닙니다."

"네……."

매니저의 말에 데이브의 표정이 시무룩해졌다. 그게 바로 며칠 전의 일이었다.

용호의 갑작스러운 폭탄 발언에 놀란 건 데이브도 마찬가지

였다. 평소 별다른 말이 없었기에 용호가 한 발언의 파급력이
더 컸다.

"용호, 갑자기 그게 무슨 말이야?"

그간의 과외가 효과를 보고 있는 것인지 용호는 유창하지
는 않지만 더듬거리며 의사 전달은 할 수 있을 정도는 되어보
였다.

"제가 보니까, 현재 우리 시스템의 RMSE 수치가 0.96 정도
되더군요."

"그런데?"

"RMSE 수치 0.8 밑으로 추천 시스템이 작동하고 있을 때는
거의 효과가 없다고 보면, 수치 0.05가 매출의 10%를 담당하
고 있다고 볼 수 있습니다."

용호는 중간중간 제시에게 단어를 물어가며 말했다. 대신
통역을 부탁하지 않는 것만으로도 장족의 발전이라 할 수 있
었다.

회의실에 모인 사람들도 용호의 어눌한 말투보다는 내용에
집중하고 있었다.

"아마 저에게 원하는 것도 RMSE 수치를 올려 매출에 기여
하는 것이라 생각됩니다. 결과적으로 0.1 정도를 올리면 매출
이 최소한 10% 정도 올라가지 않을까 해서 말씀드린 겁니다."

옆에서 호들갑을 떨던 데이브도 가만히 고개를 끄덕였다.
용호의 말에 일리가 있다고 생각한 것이다. 그건 회의실 내의

다른 사람들도 마찬가지인 듯했다.

하나같이 조용히 고개를 끄덕이고 있었다. 잠시 생각에 잠겨 있던 데이브가 용호를 바라보았다.

"용호, 그런데 가능하겠어? 우리도 어느 정도는 포기하고 있던 일이야."

"당연히 되지. 너도 알잖아. NetFlax Prize에서 내가 몇 퍼센트의 성능 향상을 이뤄냈는지."

용호의 자신만만한 표정에 데이브도 안심이 되었다. 물론 데이브는 용호를 믿었다. NetFlax Prize에 팀원으로 등록되어 있었지만 실질적인 리더는 용호라는 사실도 알고 있었다.

데이브의 마음속에 드리우던 먹구름이 조금 가시는 듯했다.

*　　　　*　　　　*

RMSE Score 0.961

회사의 추천 시스템이 가지고 있는 성능이었다. 용호가 바꾸고자 하는 수치는 1.061이었다.

파격적인 발표를 하고 용호는 뒷머리가 따가워 일에 집중을 할 수가 없었다. 몇몇 팀원들이 용호가 어떻게 성능을 높이는지 돌아가면서 뒤에서 지켜보고 있었다.

그러고는 간간이 질문을 던졌다.

"왜 그렇게 하는 겁니까?"

WHY라고 물어보는 것이 발달한 미국 문화, 순기능이 많다고는 하지만 지금 용호에게는 곤혹스럽기만 했다.

"아, 이건… 해당 변수가 추후에 결과 계산에 쓰이는 값으로 작용할 거라……."

"제가 궁금한 건 그런 게 아니라… 용호 씨가 만들고 있는 추천 시스템에 들어가는 알고리즘 식이 어떤 건지 설명 좀 들을 수 있을까 해서요."

"그게 어떻게 되는 거냐 하면……."

용호는 난감함을 감추지 못했다. 이제 영어를 하지 못한다는 핑계를 대기도 힘들었다. 이미 간단한 의사소통 정도는 통한다는 사실을 팀원들 모두가 알고 있는 상황이었다.

더구나 용호가 하고 있는 것은 코딩.

코딩을 하고 있다는 말은 이미 추천 알고리즘 성능 향상을 위한 로직은 완성되어 있다는 말이었다.

용호의 뒤에 있던 팀원은 자꾸만 로직을 감추는 용호의 행동이 이해되지 않는 듯 고개를 갸웃거렸다.

"제가 이것만 빨리 해놓고 말씀드릴게요."

팀원들이 물어볼 때마다 용호는 바쁘다는 핑계를 댈 수밖에 없었다.

몇몇 팀원이 데이브를 따로 불러냈다. 팀 내에서 데이브의 위치는 단단했다.

유치한 행동들과 장난, 그리고 어린아이처럼 장난감에 집착하는 모습을 보였지만 그런 것들과 데이브의 능력은 철저히 별개였다.

팀원들이 데이브를 부른 이유는 따로 있었다.

"데이브, 용호가 너무 자신의 일을 감추는 거 아냐? 우리는 팀원인데… 저렇게까지 폐쇄적일 필요가 있을까? 아니면 너한테는 뭔가 말을 하고 있는 거야?"

팀원들의 불만은 한 가지였다.

질문을 해도 제대로 답해주지 않는 용호의 태도.

프로그램을 만들기 위해서 가장 먼저 하는 것이 설계였다. 설계 시 해당 프로그램을 어떻게 만들지 결정된다. 코딩은 설계에 따라 구현해 나가는 과정이었다.

그리고 용호가 지금 하고 있는 것이 코딩. 팀원들은 이미 용호가 설계는 끝내놓았다 생각하고 있었다.

그래서 용호에게 알고리즘이 어떻게 작동되는 것인지 물어본 것이다.

"나한테도 별말은 없어. 그냥 용호의 스타일이라고 생각하면 될 것 같은데."

데이브는 크게 의미를 두고 있지 않았다. 각자 일을 하는데 스타일이 있고 용호의 스타일이 말없이 코딩을 하는 것이라면, 그건 그거대로 인정을 해주면 될 것이라 여긴 것이다.

"그래도 어떻게 구현되는 것인지 정도는 설명해 주면 좋을 텐데… 너무 코딩만 하고 있어서."

데이브에게 말을 하고 있는 남자의 얼굴에 아쉬움이 피어났다. 각자의 스타일이 있다는 것은 알고 있었다.

그러나 궁금한 건 궁금한 것이다.

실력 있는 동료들과 함께하는 것에 좋은 점은 서로 정보를 주고받고 영향을 끼치며 발전할 수 있다는 것이다.

용호가 미국에 온 이유이기도 했다.

"내가 한번 말해볼게."

"그래주면 고맙지."

팀원들도 용호처럼 발전하고 싶은 욕망은 매한가지였다. 더구나 자신들이 계속하고 있던 고민을 용호가 해결해 주겠다고 나선 상황, 그 방법이 무엇인지 궁금할 수밖에 없었다.

"용호!"

데이브의 밝은 목소리에 용호는 꿀꺽 침을 삼켰다. 듣는 귀가 있고 보는 눈이 있었다.

용호는 자신을 둘러싸고 흐르는 묘한 분위기를 눈치채고 있었다. 더구나 근래 매일같이 자신에게 추천 알고리즘 성능 향상 비법을 물어보던 사람들이 더 이상 자신을 귀찮게 하지 않고 있었다.

"물어볼 게 있어."

데이브는 혹시나 용호가 알아듣지 못할까, 제시까지 대동한 상태였다.

그러나 용호는 아직 코딩은 할 수 있었지만 자세한 설명을 할 수 있는 상황이 아니었다.

지금까지 공부하고 배운 것들로 대략적인 개념 정도는 설명할 수 있었다. 그러나 팀원들이 원하는 것은 그런 것이 아니었다. 용호가 하고 있는 코딩의 기반이 되는 수학식, 그리고 해당 수학식에 대한 자세한 설명이었다.

"으, 응? 뭔데? 바쁜데 나중에 물어보면 안 될까?"

용호는 통하지 않을 거라는 사실을 알고 있었지만 일단 시도해 보았다.

그러나 역시 예상대로였다.

"네가 한다는 추천 알고리즘 성능 향상 어떻게 하는 건지 해서."

"그, 그건 말이야."

"여기서 좀 그러면 회의실로 가서 할까?"

데이브가 눈짓으로 용호를 압박해 왔다. 바쁘다는 핑계도 통하지 않았다. 용호는 도살장에 끌려가는 소처럼 자리에서 일어날 수밖에 없었다.

회의실에는 데이브만 있는 것이 아니었다. 데이브는 시간이 되는 사람은 모두 회의실로 오도록 메시지를 보냈다.

더구나 용호가 하고 있는 사항은 전 팀원들의 초미의 관심사, 대부분의 사람들이 데이브의 메시지를 받고 회의실에 모여들었다.

'아… 데이브 이 자식은 시키지도 않은 짓을……'

용호는 한숨을 내쉬며 이번에도 칠판 한가득 코드를 적어 내려갔다. 아직 개발하고 있는 중이었기에 한 번에 모든 코드를 적지는 않았다.

칠판에 적은 부분은 결괏값을 도출하기 위해 필요한 기반이 되는 값을 세팅하는 부분이었다.

용호가 30분이 넘게 코드를 적어 내려가자 반응은 제각각이었다.

턱을 괴고 쳐다보는 사람, 자리에서 일어나 칠판을 노려보는 사람, 진지한 표정으로 고개를 끄덕이고 있는 사람.

그러나 하나같이 같은 감정을 가지고 있는 것처럼 보였다.

약간의 짜증.

설명을 듣고 이야기를 나누어야 할 시간에 용호가 칠판에 코드를 적어 내려가고 있는 것만 보고 있었다.

"용호, 차라리 컴퓨터를 가져와서 하는 건 어떨까?"

보다 못한 데이브가 나섰다. 그 말에 용호가 기다렸다는 듯 대답했다.

"아무래도 그렇게 하는 게 낫겠지?"

용호의 말에 데이브가 불러 모은 팀원들이 몇몇은 헛웃음을, 몇몇은 입맛을 다셨다.

팀원들의 용호에 대한 믿음에 미세하지만 금이 가고 있었다.

용호라고 회의실 분위기를 느끼지 못하고 있는 것은 아니었다. 직원들 사이에서 일어나는 미묘한 분위기 변화. 용호는 돌파구가 필요하다는 사실을 정확하게 느끼고 있었다.

사무실로 돌아간 용호가 회사 추천 시스템 관련 문서와 노트북을 들고 자리로 돌아왔다.

"잠깐만. 기다려 줘."

용호는 빔과 노트북을 연결해 자신의 노트북 화면을 하얀색 칠판에 띄웠다. GUI 툴도 없이 코딩을 한 것이 한두 해가 아니었다.

용호의 코딩 속도만큼은 타의 추종을 불허했다. 거기에 버그 창의 안내까지 있었다.

용호는 신들린 듯 소스를 수정해 나갔다.

턱을 괴고 있던 사람도, 지루한 듯 자리에 일어나 서성거리던 사람도 용호가 쏘아주는 화면에 하나둘씩 집중하기 시작했다.

사람들의 분위기가 변하건 말건 신경 쓰지 않은 채 용호는 소스 수정에 열중했다.

'결과로 보여주면 되지.'

과정 설명에 대한 미흡함은 결과의 완벽함에 묻힐 것이다. 지금껏 그래왔고, 앞으로도 그럴 것이다.

"용호?"

마치 접신한 듯 타자를 치는 용호가 걱정되는지 데이브가 나지막이 용호를 불렀다.

그러나 용호는 그런 데이브의 부름조차 듣지 못할 만큼 집중하고 있는 상태였다.

얼마가 지났을까, 크게 숨을 내뱉은 용호는 몸에 긴장을 풀고 노트북 모니터를 바라보았다.

이제 마지막 명령어만을 남겨놓고 있었다.

./jrs-rmse-check.sh

이내 화면에 한 줄의 결과가 나타났다.

RMSE Score 1,000.

회사의 데이터 엔지니어들이 그토록 바라던 수치가 눈앞에 선명하게 나타나 있었다.

*   *   *

결과가 빔 프로젝터를 통해 화면에 나타나자 용호는 회의실 앞으로 걸어 나갔다.

"기존의 수치가 0.96이었으니 0.04 정도 향상되었네요. 조금만 더 하면 1.06까지는 만들 수 있을 것 같습니다. 그러면 매출도 한 10% 늘어날 겁니다."

용호는 중간중간 제시의 도움을 받아 더듬거리며 말했다. 그러나 회의실의 누구도 용호의 그런 말을 귀담아듣고 있지 않았다.

오로지 한 곳.

RMSE Score 1,000이라고 적힌 곳만 보고 있었다.

그러고는 곧 회의실이 초등학교 교실처럼 변했다.

10명 모두가 자신을 먼저 봐달라는 듯 하늘 높이 손을 들고 있었다. 하나같이 얼굴에는 호기심이 가득 떠올라 있었다.

"지금은 제가 좀 피곤해서 질문은 다음에 받는 걸로 하겠습니다. 소스는 SVN에 올려둘 테니 확인해 보세요."

노트북을 챙겨 걸어 나갈 때까지 누구도 용호를 붙잡지 못했다.

경외의 대상.

사람들이 용호를 보고 느끼는 감정이었다.

펑.

그러나 데이브는 달랐다.

"용호!"

밖으로 나가는 용호의 목에 데이브가 매달렸다. 덩치나 키는 데이브가 더 큰 상황, 용호는 하마터면 들고 있던 노트북을 놓칠 뻔했다.

"데이브! 이런 장난치지 말라니까!"

정색을 하며 말해도 데이브는 전혀 개의치 않았다. 오히려 더욱 싱글벙글 웃으며 용호를 바라보았다.

"저거 뭐야? 나한테 설명해 줘야지."

데이브가 용호의 옆에 찰싹 달라붙어 말했다. 그러나 용호는 그럴 수 없는 상황이었다. 일단은 대충 둘러댔다.

"어젯밤에도 늦게까지 일했더니 피곤해, 오늘은 좀 쉬자."

용호는 제대로 지친 표정이었다. 당연한 모습이다. 방금 전 겨우 위기를 모면한 상황이다. 30분 동안 칠판에 소스를 적으며 1차적으로 진을 뺐고, 그다음 컴퓨터로 코딩을 하며 체력을 소모했다.

그런 용호의 상태를 데이브도 충분히 이해하고 있었다.

RMSE Score 1,000을 만들기 위해 용호가 했을 노력이 어느 정도였을지 짐작도 되지 않았다.

데이브도 과거 도전해 봤기에 누구보다 잘 알고 있었다.

"그래, 오늘은 일단 봐줬다."

노트북을 내려놓은 용호는 먼저 퇴근했다. 이미 자신이 맡은 일 그 이상을 해놓은 상태, 맡은 바 일만 잘하면 아무런 터치가 없었기에 퇴근하는 용호를 터치하는 이는 아무도 없었다.

회사를 나와 찾은 곳은 도서관이었다.

용호는 자신이 마치 백조 같은 상태라 느꼈다. 겉으로는 우아하게 보이지만 밑에서는 빠르게 발을 놀리고 있었다.

제프가 용호에게 내준 과제를 하기 위해서였다. 숙제는 최소 신장 트리라는 알고리즘 문제였다.

정부에서는 모든 도시를 연결할 수 있도록 도로를 만들기로 했다. 도시 A와 도시 B를 왕래할 수 있는 도로를 만드는 데 소요되는 금액은 C와 D입니다. 최소 비용으로 모든 도시를 연결하는 도로를 만드는 데 필요한 금액을 계산하시오.

그러고는 용호에게 각 도시와 도시를 잇는 도로를 건설하는 비용을 적어주었다.

어떻게 풀어야 할까?

버그 창을 본다면 구현은 할 수 있었다. 그러나 그 과정에 대한 설명을 할 수가 없었다. 현재 용호가 겪고 있는 딜레마이자 과거에도 가지고 있던 고민거리였다.

이런 고민을 해결하기 위해 제프에게 과외를 받고 있는 중이었다.

'머리 아프네.'

대학 시절보다 알고리즘 난이도는 비교도 되지 않을 만큼 올라가 있었다.

머리가 터질 듯 아파왔다.

그러나 이러한 과정이 없다면 발전도 없다는 사실 역시 뼈저리게 알고 있었다.

'일단 버그 창은 보지 말고.'

용호는 문제를 코드가 아닌 식으로 표현하기 위해 아예 컴퓨터도 가져오지 않았다. 문제를 풀기 위한 연습장, 그리고 연필이 다였다.

그날도 용호는 밤늦도록 집에 들어가지 않았다.

*　　　*　　　*

용호가 한 빌딩에 들어가고 있었다.

Vdec.

제프가 근무하는 곳이었다. 용호가 문제를 해결해 준 덕분에 제프가 용호의 과외 선생 노릇을 하고 있었다.

"문제는 풀어왔어요?"

제프가 용호에게 내준 숙제 최소 신장 트리라는 알고리즘.

"여기 프림 알고리즘으로 풀었습니다."

제프가 내준 문제는 푸는 방법에는 두 가지가 있었다. 프림 알고리즘과 크루스칼 알고리즘, 둘 중 용호가 문제를 풀기 위해 선택한 것은 프림 알고리즘이었다.

용호는 지금껏 작성한 문제 풀이를 제프에게 내밀었다. 공책을 까맣게 채우고 있는 것은 용호의 노력이었다.

식과 수도 코드만으로 작성된 풀이였다.

"흠……."

용호가 풀어온 문제를 보고 있는 제프의 눈이 매처럼 빛나기 시작했다.

한참을 보고 있던 제프가 이내 노트에서 눈을 떼고 말했다.

"이제 상급으로 넘어가 볼까요?"

지금까지가 중급 수준의 문제였다. 용호는 그렇지 않아도 아픈 머리가 더욱 지끈거리는 것을 느꼈다.

세계 최고의 프로그래머라는 것이 결코 쉽지만은 않았다.

제프와의 수업이 끝나면 기다리고 있는 것이 유소현과의 영어 과외 수업이었다. 그나마 복잡한 계산을 하지 않아도 되는 일종의 쉬어가는 타임이라 할 수 있었다.

더구나 유소현 같은 미인과의 대화는 절로 몸에 활력을 불어 넣었다.

"오늘은 회사에 대해 이야기를 나눠볼까?"

이야기의 주제는 그때그때 달랐다. 유소현도 전문 강사는 아니었기에 자유 주제를 가지고 프리 토킹을 하는 식으로 진행되었다. 이야기 도중 미흡한 점이 있으면 유소현이 교정해 주는 식으로 수업은 구성되어 있었다.

유소현이 주제를 정해 이야기해 주자 용호는 천천히 말을 하기 시작했다.

"현재 저는 미국의 유명 전자 상거래 관련 소프트웨어 회사에 다니고 있습니다. 그전에는 한국의 대기업을 다녔습니다."

"그랬군요. 예전 회사는 어땠나요?"

"음… 흠… 좋은 사람들이 많아 즐거웠습니다. 특히… 그곳에서 함께했던 디자인팀장님이 많은 도움을 주었습니다."

눈에 보이는 아부였다.

"……."

유소현이 부끄러운 듯 가만히 있자 용호의 장난기가 발동했다.

"소현이는 어땠어?"

"…뭐!"

용호의 말에 유소현이 반응할수록 용호의 웃음기가 짙어졌다. 이미 서로 장난을 칠 만큼 친해진 것이다.

자신이 수세에 몰렸다고 생각했는지 유소현이 황급히 주제를 돌렸다. 마음이 급했는지 영어가 아닌 한국말이 튀어나왔다.

"신세기 뉴스는 봤어?"

"뉴스?"

유소현의 말에 용호도 한국말로 응수했다. 표정을 보니 뭔가 일이 있기는 있어 보였다.

"우리가 만들었던 신세기 앱이 완전 대박 났다고 하던데?"

"반응이 그렇게 좋아?"

용호도 놀란 듯 장난기를 쫙 빼고 진지하게 물어보았다. 용호가 알고 있는 소식은 정단비가 담당하고 있는 추천 시스템이 매출 천억을 달성했다는 것까지였다.

"고객들이 온라인에서 직접 옷을 입어볼 수 있게 해준 게 완전 초대박이 난 것 같더라, 우리 학교에서도 우수 사례로 소개해 주더라고."

유소현의 말에서 자부심이 나왔다. 말은 하지 않았지만 자신이 직접 디자인에 참여한 서비스가 승승장구하는 모습이 기쁜 듯 보였다.

"그 정도야?"

"게다가 지금 한국 온라인 쇼핑몰 순위가 3위까지 올라갔다던데? 유사 서비스를 준비하는 곳도 많고."

유소현의 말이 사실이라면 정말 대박이었다. 어차피 정단비는 창업을 해서 나갔을 테니 결과적으로 보면 정진훈만 좋은 일을 시켜준 꼴이 되고 말았다.

*   *   *

털썩.

용호가 지친 몸으로 침대 위에 누웠다. 두 개의 과외를 마치고 집으로 들어오면 밤 12시가 다 되어갔다. 그나마 유소현이 차로 태워다 주지 않았다면 이러한 스케줄은 짜지도 못했을 것이다.

'그래도 뭔가 희망이 보이네.'

처음 제시와 영어 과외를 했을 때.

처음 제프에게 알고리즘 수업을 받았을 때.

그때를 생각해 보면 지금과 또 달랐다.

꾸준함.

용호는 꾸준함으로 영어 실력을 높이고 알고리즘에 대한 이해도를 올렸다.

비록 상급은 아니지만 중급 문제를 풀 정도로 실력이 늘었다. 영어 실력도 무리는 있지만 제시 없이 회의에 나설 정도가 되어가고 있었다.

'역시 사람은 큰 물에서 놀아야 된다는 말이 맞긴 하네.'

용호는 그 말을 실감하고 있었다.

공부를 잘하는 가장 좋은 방법은 공부를 잘하는 친구를 만나는 것이다.

실제 상황에 닥치자 적응하기 위해 노력했고 꾸준한 노력이 차츰 결과를 만들어내고 있었다.

잠깐 몸을 누인다는 것이 눕자마자 잠이 들었다. 제대로 씻지도 못한 채 용호는 그대로 아침을 맞이했다.

*   *   *

정단비와 정진용이 마주한 채 앉아 있었다. 감정을 거의 드러내지 않는 정진용이 아쉬움을 감추지 못하고 있었다.

"꼭 나가야만 네가 하고 싶은 걸 할 수 있는 건 아니지 않느냐."

"……."

"마침 네가 기획한 서비스가 반응이 좋으니… 이대로 있는 건 어떻겠느냐?"

정진용의 아쉬움이 정단비에게도 전달된 것 같았다. 그러나 정단비는 흔들리지 않았다. 그런 뚝심은 확실히 아버지를 닮은 듯 보였다.

"그래서 더 문제입니다."

"……."

정단비가 문제라고 하는 것의 정체가 무엇인지 아는 듯 정진용은 아무 말도 하지 않았다.

그래도 아쉬웠다.

정단비를 이대로 내보내고 싶지 않았다.

그러나 그건 정진용만의 생각, 잠시간의 침묵이 자리한 사이 정단비가 선수를 쳤다.

"그동안 고마웠습니다."

그러고는 자리에서 일어나 걸어 나갔다.

나가는 정단비를 정진용은 잡지 못한 채 물끄러미 보고 있을 뿐이었다.

"단비가 나왔다고?"

"네. 방금 회장실에서 나왔다고 합니다."

"그래서?"

정진훈이 남자에게 다시 물었다. 중요한 것은 회장실에서 나오고 말고가 아니었다.

어떤 대화 내용이 이뤄졌느냐가 알고 싶을 뿐이었다.

"보안팀 말로는 회장님께서 잡으셨음에도 정단비 팀장이 회사를 나가겠다고 했답니다."

"……"

"축하드립니다."

남자가 기쁜 얼굴로 고개를 숙였다. 정단비가 나감으로써 신세기 주식회사의 후계 구도가 단일화되었다.

정진훈의 차기 회장 구도가 더욱 단단해졌다고 여긴 것이다.

퍼억!

그러나 축하 인사를 한 남자에게 날아든 것은 정진훈의 컴퓨터 한쪽에 놓여 있던 무선 마우스였다.

마우스가 정통으로 남자의 이마에 맞고 떨어졌다.

"지금 이게 축하할 일이라 생각해?"

"……"

남자가 영문을 모르겠다는 듯한 손으로 이마를 감쌌다. 찢어진 이마에서 몽글몽글 피가 흘러내리고 있었다.

"신세기 매출이 정단비가 만들어놓고 간 서비스에서 발생한다면… 과연 어떻게 될까? 내가 손대는 것은 계속 실패하고 정단비가 하는 일은 성공에 성공을 거듭한다면."

분노로 올라가던 정진훈의 말이 끝으로 갈수록 낮게 깔렸다. 마치 저승에서 올라온 사신처럼 목소리에는 살기마저 감돌았다.

"내가 회장에 걸맞다는 확실한 증거가 필요해."

타닥. 타닥.

정진훈이 의자 깊숙이 몸을 파묻으며 생각에 잠겼다. 야심차게 준비했던 신세기 매직미러는 엄청난 손실을 남긴 채 소리 소문 없이 사라졌다.

제조업의 특성상 실패 시의 리스크는 가히 짐작하기도 어려웠다. 다행히 그러한 손실이 스마트 쇼핑 전략 기획팀에서 만든 'OH!' 서비스에서 메꿔지고 있었다.

'OH!'는 세간의 엄청난 주목을 받으며 폭발적인 성장을 거듭하고 있었다.

국내 인터넷 쇼핑몰 순위 3위.

현재는 세계로의 진출도 준비하고 있었다.

비록 후계 구도는 단일화되었지만 정진훈의 입지는 더욱 좁아졌다.

"'OH!' 개발한 사람들 명단, 다시 가져와."

정진훈의 말에 남자는 상처를 제대로 수습하지도 못한 채 다시 일을 하러 갈 수밖에 없었다.

*　　　　*　　　　*

아침에 일어나자마자 용호가 하는 첫 번째 일은 메일 확인이었다. 스택 오버 플라이, 겟허브 같은 각종 개발 관련 사이트에서 활동을 하는 데 있어 가장 중요한 것은 빠른 피드백이었다.

빠른 피드백을 위해 용호는 메일이나 쪽지를 통해 오는 질문이나 궁금한 사항들에 대해 답변을 해주는 시간을 가졌다.

영어에 익숙해질수록 답변을 해주는 시간은 빨라졌다.

'응?'

대부분이 영어로 된 메일 속에 한글로 된 메일 하나가 눈에 띄었다.

더구나 그 앞에 있는 이름 신세기.

용호는 혹시 정단비나 손석호가 보낸 메일인가 싶어 열어 보았다.

안녕하십니까. 신세기 미래 전략실입니다.

이렇게 메일을 보낸 이유는 다름이 아니옵고 현재 이용호 님을 만나뵙고 드리고 싶은 말씀이 있기 때문입니다.

메일은 A4 한 장쯤은 되어보였다. 갖은 미사여구와 극존칭의 단어들이 메일에 쓰여 있었다.

'그래서 만나자는 건가?'

한 번 만나자는 한 줄짜리 내용이 A4 한 장으로 부풀려져 있었다. 전형적인 신세기의 방식이었다.

용호는 이 메일을 작성하느라 수고했을 사원의 노고에 애도를 표하며 메일함의 버튼을 클릭했다.

영구 삭제.

휴지통으로도 들어가지 못하도록 만들었다.

신세기 메일을 삭제하고 다른 메일들을 찬찬히 살펴보니 오늘따라 유달리 메일함이 꽉 차 있었다.

'뭐지… 내가 딱히 한 일도 없는데.'

근래 들어서는 영어 공부와 알고리즘 공부에 많은 시간을 쏟고 있었다. 더구나 회사 생활에 적응까지 해야 하는 상황이었기에 외부 활동은 최대한 자제하고 있었다.

거기에는 온라인을 통한 활동도 포함되어 있었다.

'흐음……'

영어에 어느 정도 익숙해졌기에 해석하는 데 크게 어려움을 겪지 않았다. 용호는 빠르게 메일을 읽어 내려갔다.

'만나고 싶다?'

자신을 만나자고 하는 메일이 대부분이었다. 근래 온라인에서의 활동이 뜸했기에 스택 오버 플라이의 순위는 크게 변화가 없었다. 더구나 깃허브에 올린 건 현재까지 WindowView 가 전부였다. 그에 관한 질문은 매우 소수였다.

나머지 메일은 하나같이 용호와 만나보고 싶다는 것이 대부분이었다.

'신세기 앱이 그렇게 인기가 많은가…….'

이유로는 하나같이 신세기에서 서비스 중인 'OH!'에 대해 말하고 있었다.

'별일이네.'

메일을 확인한 용호는 다음으로 할 일을 하기 위해 컴퓨터 앞에서 일어났다.

쥐 죽은 듯 아무런 소리도 들리지 않는 방문 앞, 데이브가 자고 있는 방이었다.

문을 열고 들어가니 장신의 데이브가 침대에 누워 자고 있었다. 일본 애니를 얼마나 좋아하는지 방 안 가득 관련 물품들로 가득 차 있었다. 원피스, 나루토, 헌터X헌터, 도라에몽 등등 이루 셀 수가 없었다.

용호는 그런 것들에 신경도 쓰지 않은 채 집이 떠나가라 소리를 질렀다.

"데에에이이이브으으으!"

한껏 소리를 지른 용호의 얼굴이 벌겋게 달아올랐다. 용호는 그에 그치지 않고 데이브가 덮고 있던 이불을 잡아당겼다.

"안 놔!"

눈을 감고 있는 데이브가 두 손으로 이불을 꽉 부여잡고 있었다. 침대에서 일어나지 않겠다는 강력한 의지가 느껴졌다.

그렇게 한참을 씨름한 후에야 방에서 나올 수 있었다. 원래는 제시가 하던 일, 같이 살고 있다는 죄로 어느 순간 용호의 일이 되어 있었다.

아직 잠이 덜 깬 듯 멍한 표정의 데이브가 커피를 앞에 놓고 고개를 휘청이고 있었다.

퍽!

이렇게 때려도 괜찮을까 싶을 정도로 호된 제시의 스매시가 데이브의 뒷머리를 강타했다.

"뭐, 뭐야!"

"언제까지 자려고?"

데이브의 뒤통수를 때리며 화려하게 등장한 제시가 자리에 앉았다.

"안 자! 안 잔다고!"

데이브가 소리를 지르며 제시에게 대들었다. 그러나 제시는 콧방귀도 뀌지 않았다.

제시가 용호를 보며 물었다.

"할 말이란 게 뭐야?"

어느새 제임스도 한자리를 차지하고 앉아 있었다. 근육으로 뒤덮인 단단한 몸이 작은 의자에 끼여 안쓰러운 광경을 연출하고 있었다.

신기한 광경이었다.

용호가 말을 할 때마다 잔뜩 찌푸려져 있던 얼굴들이 어느 순간 환하게 웃고 있었다.

그러다 다시 먹구름이 몰려왔다.

"그걸 해보자고?"

제시가 용호를 보며 말했다.

"어때? 괜찮을 것 같지 않아?"

용호의 얼굴이 들떠 보였다. 재미난 걸 시작할 때면 나타나는 표정이었다.

이메일 함을 가득 채웠던 스카우트 제의, 그리고 거절하기로 결정한 일련의 과정을 설명했다.

그리고 최종적으로 용호는 하나의 아이디어를 냈다.

"속도를 더 빠르게 하고 정교함을 높인다라……"

"지금 보면 이미지 처리 부분에 최적화가 제대로 안 돼 있어서 속도가 느려. 그리고 데이터도 많이 쓰고 있고… 우리가 그런 부분들을 더 개선하면 되지 않을까?"

"항상 마지막 2% 남은 게 어려운 법이라서. 너도 알다시피 우리 추천 알고리즘도 0.96에서 더 이상 올리기 힘들었는데… 덕분에 1.0대로 올라서긴 했지만."

데이브의 말에 옆에 앉아 있던 제임스도 열렬히 고개를 끄덕였다. 완벽하게 동의하는 것 같았다.

더구나 문제는 그것만이 아니었다.

"경업 금지 조항도 쓰고 나왔을 거 아냐. 만약 다시 한국으로 돌아갔을 때 괜찮겠어?"

제시가 우려스러운 듯 말했다.

회사를 다니던 사람이 퇴사할 때 쓰는 일종의 각서였다. 거기에는 동종 업계 근무나 기술 유출을 막기 위한 조항들이 쓰여 있었다. 제시는 그 점을 지적했다.

이상한 점은 데이브나 제임스는 전혀 걱정하지 않는다는 것이었다.

오로지 어떻게 개발할지만 생각하는 듯 보였다.

"홈… 온라인에서 옷을 입어볼 수 있는 서비스라……."

그런 데이브의 말은 듣지 않은 채 용호가 제시를 바라보았다.

"내가 직접 핵심이 되는 라이브러리를 개발한 건 아니라… 문제가 될까? 더구나 똑같은 것도 아니고 개량된 거잖아."

용호도 걱정스러운 듯 말끝을 흐렸다. 데이브와 이야기를 나누고 있는 이유이기도 했다.

과연 구현은 가능한지, 법적인 문제는 없는지와 같은 고민들에 대해 이야기할 필요를 느낀 것이다.

"한국으로 돌아가지 않는다면 별 상관없을 텐데……."

제시의 말이 뭔가 이상했지만 용호는 크게 신경 쓰지 않았

다. 데이브는 여전히 어떻게 구현할 것인지 고민하고 있는 듯
보였다.

제임스도 한 팔 걷어붙이고 함께했다.

   *   *   *

하나의 아이디어가 실제 서비스되는 과정은 여러 단계를 거
친다. 그 중간의 과정은 간혹 다를 수 있을지 모르지만 처음
시작은 똑같다.

누군가의 제안. 이러이러한 아이디어를 서비스하고 싶다는
제안이 필요하다.

데이브의 도움으로 용호가 자신의 아이디어를 담당 PM에
게 말하고 있었다.

"저희가 파는 건 옷만이 아닙니다. 그렇지만 충분히 고려해
볼 만한 생각이긴 하군요."

"옷만이 아니라 다른 분야로도 응용이 가능할 거라고 봅니
다. 가구 같은 것들을 집에 배치해 보고 어떻게 인테리어할지
미리 알 수도 있고요."

"나쁘지 않은 생각이긴 하지만… 먼저 성과를 보여주면 더
쉽게 일이 진행될 것 같은데……."

PM도 아쉽다는 듯 입맛을 다셨다. 용호의 이야기는 충분
히 가능성이 있었다.

이미 신세기의 예가 보여주듯이 좀 더 업그레이드하여 시장에 내놓는다면 충분히 좋은 반응이 올 것이다.

그러나 아직 용호가 투입된 일이 제대로 결실을 맺지 못하고 있었다. 지금 시점에서 또 다른 일을 추진한다는 건 무리라 생각한 것이다.

"그러면 추천 알고리즘 튜닝을 최대한 빨리 끝내서 결과를 보여 드리면 되는 거죠?"

"네. 그렇게만 된다면야 더할 나위 없죠."

PM 브래드의 말에 용호의 마음이 바빠졌다.

*   *   *

"그래서?"

"……."

"답장이 없으면 그걸로 끝인가?"

정진훈이 낮게 으르렁거렸다. 남자의 일 처리가 마음에 들지 않는 눈치였다.

"방법은 직접 미국으로 가서 만나보는 방법도 있습니다만……."

정진훈의 심기가 불편하다는 사실을 캐치했는지 남자가 조심스럽게 말을 꺼냈다.

그러나 그 방법도 정진훈의 성에 차지 않았다.

"미국… 미국이라… 경업 금지 각서는 쓰고 나갔겠지?"

"네. 회사에서 보관 중입니다."

"그러면… 이렇게 보내. 회사로 다시 돌아오지 않는다면 소송에 들어갈 거라고."

"누, 누구한테 말입니까?"

"'OH!' 개발에 참여했던 사람들 중에 현재 회사를 떠난 사람들 전부."

"……"

남자는 과하다고 생각했지만 아무 말도 할 수 없었다. 정진훈의 말을 듣지 않는다면 당장 자신부터 회사에서 잘릴 것이다.

*　　　*　　　*

손석호는 출근하자마자 자신 앞으로 도착한 내용증명서를 보며 단팥빵을 하나 꺼내 물었다. 얼굴이 딱딱하게 굳은 것이 상당한 스트레스를 받고 있는 듯 보였다.

"팀장님, 저한테 내용증명이 한 통 왔는데요?"

"내용증명요?"

손석호가 들고 있던 봉투를 정단비가 낚아채 빠르게 읽어 내려갔다. 이미 둘 모두 사직서를 제출한 채 퇴사만을 기다리고 있는 상황이었다.

〈내용 증명서〉

수신자 성명 : 손석호

주소 : 서울시 XXX XXX……

발신자 성명 : (주)신세기

제목 : 경업금지 의무 고지

1. 발신인과 수신인은 상호 간 고용계약 종료 시 경업금지 의무
에 대한 합의를 하였다.

2. 따라서 해당 합의가 지켜지지 않을 시 법적 절차에 따라 불
이익을 당할 수도 있음을 다시 한 번 고지해 드립니다.

3. 단, 다시 본 회사로 복귀한다면 위와 같은 불이익은 자동 소
멸됨을 알려드립니다.

일종의 경고였다. 경고이자 협박. 퇴사를 하고 다른 곳으로
간다면 소송에 걸릴 것이다.

내용을 모두 읽은 정단비가 입술을 꽉 깨물었다. 그렇지 않
아도 빨간 입술이 피가 몰리며 더욱 빨갛게 부풀어 올랐다.

"이……."

"저 말고 다른 사람들도 받은 것 같은데요?"

창밖으로 보이는 사무실 사람들의 모습이 심상치 않았다.
하나같이 봉투를 들고 정단비가 있는 방을 바라보고 있었다.

이역만리 미국에서 용호도 같은 내용의 메일을 확인했다.

'뭐야, 지금 협박하는 건가?'

화면을 보고 있는 용호의 얼굴에도 수심이 드리웠다. 그전에 신세기에서 보내왔던 메일은 다 읽지도 않은 채 영구 삭제를 해버렸다.

그러나 이번 메일은 그럴 수가 없었다.

'뭔가 대처는 해야 할 것 같은데……'

메일 내용을 끝까지 확인한 용호가 데이브가 있는 방문을 두드렸다.

후다닥.

방 안에서 빠르게 움직이는 소리가 들리더니 방문이 빠끔히 열렸다. 데이브가 얼굴만 내민 채 용호를 맞이했다.

"왜 무슨 일이야?"

"내가 전 회사에서 경업금지 의무 위반 고지서를 받아서… 이야기 좀 할 수 있을까?"

용호는 걱정이 되는지 목소리에 힘이 없었다. 혹시 소송이라도 당하게 된다면, 어찌해야 할지 아무런 방법이 떠오르지 않았다.

그러나 데이브는 너무나 간단하게 대답했다.

"별일 아닌 걸 가지고 무슨 걱정을 그렇게 해. 늦었는데 어서 가서 자."

데이브의 반응에 용호는 섭섭함이 밀려올 듯했지만 꾹 참고 다시 물었다.

"별일이 아니야?"

용호의 반응에 데이브가 아차 싶었는지 황급히 말을 이었다.

"아… 너는 모르나? 가서 코드 16600 찾아봐."

"뭐? 코드?"

말을 마친 데이브는 뭐가 그리 바쁜지 문을 닫고 방으로 들어갔다. 다시 방으로 돌아온 용호는 인터넷 검색창에 코드 16600을 쳐보았다.

처음 들었을 때는 무슨 컴퓨터 코드를 말하나 싶었다. 그러나 아니었다.

개인의 합법적인 취업, 거래 또는 어떤 종류의 비즈니스를 방해하는 모든 계약은 무효다.

1827년 캘리포니아 시민법에 포함된 조항 이름의 약어였다.

『코더 이용호』 4권에 계속…

FUSION FANTASTIC STORY

자미소 장편소설

GRAND SLAM
그랜드슬램

2016년의 대미를 장식할 최고의 스포츠 소설!!

Career record : 984W 26L
Career titles : 95
Highest ranking : No.1(387weeks)
Grand Slam Singles results : 23W
Paralympic medal record : Singles Gold(2012, 2016)

약 십 년여를 세계 최고로 군림한 천재 테니스 선수.
경기 내내 그의 몸을 지탱하고 있는 것은…… 휠체어였다.

『그랜드슬램』

휠체어 테니스계의 신, 이영석(32).
그는 정상의 자리에서도 끝없는 갈망에 사로잡혀 있었다.

"걷고 싶다, 뛰고 싶다. …날고 싶다!!"

**뛸 수 없던 천재 테니스 선수
그에게, 날개가 달렸다!!!**

Book Publishing CHUNGEORAM

GAME
BALL

게임볼 설경구 장편 소설
FUSION FANTASTIC STORY

무명의 야구인이었던 남자,
우진이 펼치는 야구 감독으로서의 화려한 일대기!

『 게임볼 』

"이 멤버로 우승을 시키라고?"

가상 야구 게임,
게임볼을 통해 인생 역전을 꿈꾸는

한 남자의 뜨거운 행보에 주목하라!

Book Publishing CHUNGEORAM

유행이 아닌 자유추구 -
WWW.chungeoram.com